小学館文庫

女優は泣かない

有働佳史

小学館

プロローグ

ドクンドクンと激しい鼓動が鼓膜を打つ。まるで耳の中に心臓があるみたいだ。

「園田梨枝(そのだりえ)、十八歳です。よろしくお願いします」

上擦った声で自己紹介を終えたとたん、前方の会議用テーブルに座っている三人の男たちが、品定めするような目でいっせいに梨枝を見た。

クセのないまっすぐな長い黒髪。化粧っ気のない顔立ちは磨けば光るかもしれない。アメリカの国旗がプリントされたTシャツにカーキ色のミリタリーコート、細身のデニムという野暮ったいファッションは、憧れの東京で女優デビューを夢見る典型的な田舎娘――ジャッジはそんなところか。

でも、梨枝にも言い分がある。仕方ないじゃないか。なにしろ着の身着のままボストンバッグ一つ抱えて家を飛び出し、夜行バスに揺られてこのオーディション会場に直行したのだから。

それに、誰がプロデューサーで誰が監督で誰が脚本家なのかわからないけれど、このおじさんたちが想像しているほど、こっちはハンパな気持ちじゃない。

二度と家には帰らない覚悟で、えーっと、そういうのなんて言うんだっけ。こないだ歴史の授業で教師が得意げに由来を話していたような。

梨枝が硬いパイプ椅子と同化したように肩を強張らせていると、テーブルの真ん中でふんぞり返っている髭面の男が、唐突に言った。

「えーでは早速ですが泣いてみてください、十秒以内で」

「え」

動悸が一瞬で鎮まる。

「いいですか？　よーいスタート」

――ちょ、待って、泣く？

悲しくも嬉しくも切なくもつらくもなく、ただ戸惑いの感情だけが高ぶっている梨枝を置き去りにして、髭の男によるカウントダウンが始まった。

「10、9、8、7、6」

とにかく泣き顔を作り、眼球に溜まっている水分を掻き集めようと、懸命に目を瞬かせてみる。

「5、4、3」

だめだ。これじゃまぶたの運動だ。逆に目を乾燥させる？　いっそ目にゴミを入れる？　いやいやそんな時間はない。

人は泣こうと思って泣けるものなのか？　そもそも泣くとはどういう原理だった？

焦りと混乱のあまり、今この瞬間まったく無用の疑問が頭の中で飛び交う。

「2、1、0」

――泣くとは。

最終的に、梨枝の顔はなんとも言えない哲学的な表情で固まっていた。

むろん、涙は一滴たりとも出ていない。

「はい、お疲れ様でした」

事務的な口調で終了が告げられる。けっきょく髭の男が誰なのかもわからないまま、梨枝の初オーディションは、こうして呆気なく幕を閉じた。

家族に啖呵(たんか)を切り、熊本の実家を飛び出してまで東京にやってきたのに――そうだ、やっと思い出した。背水の陣だ。そんな覚悟で臨んだのに、オーディションに要した時間はものの二分、待ち時間を加算すれば正味三十二分。

肩を落とし、ボストンバッグを抱えて会場を後にしながら、梨枝の頭に父の言葉がリフレインする。

――二度と帰ってこんでよか――

1

熊本空港の、一番大きなくまモンの看板の下。

それが、梨枝に伝えられた集合場所だった。

到着出口を出て、しばらく右に進むと、それらしきものがあった。

しかし、そこにスタッフと思しき一行の姿はない。愛用のサングラス越しに目をこらしてみるが、同じだった。近くまで来てみると、看板はさほど大きくないようにも思える。とは言え、周囲を見回しても他に該当する場所はなかった。

人目を避けるように目深にかぶった帽子をさらに下げ、その場で待つことにする。

梨枝よりはるかに有名で人気者になったくまモンが、そんな梨枝を上から嘲笑しているような気がするのは流石に被害妄想というやつか。

ふと、もっと大きなくまモンがいるのではないかという一抹の不安が胸をかすめた。

梨枝はコートのポケットからスマホを出し、ハイヒールの踵(かかと)をイライラと鳴らしながら電話をかけた。

「はいはーい」

所属事務所の社長——猪本の呑気な声が、否応なく梨枝の苛立ちを増幅させる。

「あの、集合場所に誰もいないんですけど」

「えー、ほんと？　どこで待ってるの？」

「くまモンの下です」

「え？」

「一番大きなくまモンの看板の下です」

とげとげしく言った。こんな主観的尺度に基づくアバウトな目印を集合場所に指定してきたことに対する苛立ちが、少しは伝わっただろうか。

「社長からのＬＩＮＥにそう書いてありましたよね？」

「ああ、そっかそっか。じゃあもうちょっとそこで待ってみて」

「連絡してもらえませんか？」

「誰に？」

「誰か知りませんけどスタッフに」

「ああ、うん、もうちょっと待って来なかったらするよ」

話し方がどんどん険を帯びていく。

「もうちょっとって……」

「ナイスショーット!」

梨枝の言葉を電話の向こうで潑剌(はつらつ)とした猪本の声が遮る。梨枝は空港で待ちぼうけ、猪本は芝生の上でプレー中というわけだ。

「ごめん、なに?」

「だいたい、マネージャーも現場に来ないってどういうことですか?」

「あ〜、そうだ。森(もり)ちゃん、アユミのほうにつけたのよ」

「……は?」

森は梨枝の現場マネージャーで、アユミは事務所の後輩だ。江上(えがみ)アユミ、通称エガーユ。人気急上昇中のグラビアアイドルで、最近はドラマにもちょくちょく顔を出している。

「バタバタしてて言えてなかったわ〜。ごめんごめん」

悪びれる様子もなく言う猪本の顔が、容易に想像できた。

反射的に出そうになる舌打ちを、梨枝はとっさに噛み殺す。

「ほら、あの子、ドラマであんな大きい役初めてでしょ? だから、話わかってる森ちゃんがついたほうがやりやすいと思ってさ〜」

語尾を伸ばす猪本の口調も相まって、怒鳴りたい衝動がどんどん蓄積されていく。

「じゃあ、私の現場には誰がつくんですか？」

「今、調整してる〜」

「今⁉」

「あ、ごめん、接待ゴルフ中なのよ！　もう少し待って誰も来なかったらまた連絡して！」

「ちょっと社長！　……」

抗議しかけたところで、一方的に電話は切れた。

今度は、舌打ちを止められなかった。最近、己の意思を裏切って現れる癖。こんな癖、あまり定着してほしくはないのだが……。

「おはようございまーす」

明るい声にハッと振り向くと、ショートカットの小柄な女性が窺うように梨枝を見ている。

歳は二十代半ばといったところか。動きやすいパンツにスニーカーというラフな格好。ビニールと布のショルダーバッグを両肩にそれぞれ斜めがけにし、両手に紙袋、背中には登山用リュックサックを担いでいる。

「安藤梨花さんですよね？」

梨枝の芸名を口にする。

「はい……」

答えたあとで、声に不機嫌さが滲み出てしまったことに気づいた。

が、彼女は気にするふうもなく、ニコッと笑って梨枝に会釈する。

「どうも。イダテレの瀬野です。瀬野咲です」

今回の番組を制作するイダテレビのスタッフらしい。

「あ、どうも～」

瞬時に笑顔に作り変え、愛想よく会釈を返す。

「じゃあ、行きましょうか」

そう言うと、咲はさっさと歩きだした。

「え……」

梨枝は面食らった。彼女は年齢からしてADか若手ディレクターだろう。ともかく、プロデューサーでないことは明白だ。

梨枝はキャリーバッグを押しながら慌てて咲を追いかけた。

「あの、プロデューサーさんとかは？」

念のため辺りを見渡しつつ、作り笑顔で訊いてみる。

「あ、今回は私一人です」

「え」

「ま、こんなご時世なんで予算ないんですよ。こちらです」

悪びれずに言い、咲はまた歩きだす。

遠ざかる大きなリュックサックを呆然と見つめながら、梨枝は手に持ったままだったスマホで猪本の連絡先をタップした。

「おかけになった電話は——」

女性の声が、相手が電話に出ることができない旨をシステマチックに伝えてくる。

チッ。誰はばかることなく舌打ちする。

「安藤さーん！」

咲の声が、少し離れたところから聞こえてきた。

自分でキャリーバッグを転がしていくと、駐車場には、近くのレンタカーで借りてきたらしいコンパクトな白いヴィッツが止めてあった。

咲はすでに運転席に乗り、スマホをいじっている。

「トランク開けてもらってもいいですか？」

今にも引きつってしまいそうな表情筋を制御しつつ、梨枝は言った。

「開いてますよ」

咲に手伝うつもりはないらしい。トランクを開け、重たいキャリーバッグを抱えて積み込む。後部座席のドアを開けると、シートの大半を咲の荷物が陣取っている。

梨枝はムッとして紙袋を押しやり、確保した一人分のスペースに乗り込んだ。

「二時間ちょっとですね」

「え？」

「安藤さんの地元まで。荒尾市ってとこですよね？」

「ああ、そうですね」

「県境なんですね、福岡との」

「はい。だから、福岡空港からのほうが本当は近いんですよ」

「え、そうなんですか？　じゃあ、福岡空港にすればよかった」

「わざと熊本空港集合にしたんじゃないんですか？」

「いや、全然。住所が熊本だったので、熊本空港のほうが近いのかなって」

「……そうですか」

「教えてもらえてたらよかったんすけどね～」

言い方が嫌みっぽい。少し調べればわかることだろうに、とは返さなかった。

「台本って読んでいただいてますか？」

カーナビを操作しながら、不意に咲が言った。

「台本？」

「昨日、事務所にお送りしたんですが」

「いえ、まだ」

「じゃあ、そこの紙袋に入ってるんで」

テレビ局のロゴがプリントされた紙袋の中を覗き、台本らしき冊子を取り出した。

番組名は、『RE：START～完全ドキュメント　安藤梨花の新たな出発～（仮）』。

密着ドキュメンタリーとは聞いていたけれど、企画書を見せられただけで詳しい内容の説明は受けていなかった。不安がチラとよぎる。

「そこに書いてあるセリフは覚えてもらっていいですか」

咲が、さも当たり前のことのように言った。

首をひねりながらパラパラとページをめくると、ドラマの台本さながらに、梨枝のセリフがしっかり書き込まれているではないか。

「でも、これ……ドキュメンタリー、ですよね？」

念のため確認する。

「ドキュメンタリーでも演出は必要なんで」

ご存知のとおりとでも言いたげに、咲は満面の笑みで振り返った。

「なる、ほど……」とだけ、返す。

「基本、台本の通りに進めて行きますので。明日までに読み込んでおいてください」

車が走りだした。咲が運転に不慣れなことは、アクセルの踏み込み方でわかる。

なんだかぐったりして、梨枝は無言のままシートの背に体を深くあずけた。


気づけば、車窓の眺めは見覚えのある景色になっていた。

十年ぶりだというのに、街はほとんど様変わりしていない。レンタルビデオショップだったはずの場所がチェーン店の弁当屋になったりとか、コンビニが増えていたりとか、その程度の変化。ここまで変わらないと、捨てたはずの故郷でもある程度の郷愁は感じるものだなと、どこか人ごとのように思う。

「どこで降ろしたらいいですかね？」

二時間ほど無言で運転していた咲が、なんの前置きもなく言った。

「はい？」

「いや安藤さんを」

「……今日はこのままホテルに行くんじゃないんですか？」

「え、実家泊まるんじゃないんですか？」

「はあ⁉」

　梨枝の声が狭い車内に轟く。

「聞いてないんですけど！」

「え、事務所にはオーケーもらってるんですけど」

「ちょっと待ってください」

　素早くスマホで猪本の連絡先をタップする。数回のコール音のあと、もはや馴染みとなった女性の声が聞こえてきて、梨枝は即座に電話を切った。本日何度目かの舌打ちが出る。

「実家はちょっと無理なので、できればホテルとってもらえると……」

　下手に出て頼んでみる。なるべくならたった一人のスタッフとは良好な関係でいたい。

「いや〜、すみません。今回、ほんと予算なくて」

　すまなそうな顔でバックミラー越しに謝罪するが、咲が悪びれていないのは一目瞭然。

梨枝は、今まで我慢していたため息を一気に吐きだした。

「……じゃあもう自分で払うのでホテルまで連れてってください」

「了解でーす」

慎重にハンドルを握る手とは対照的に、軽快な返事が返ってきた。


「ここ……ラブホじゃないですか？」

宮殿のハリボテのような建物を見上げて、梨枝はあ然とした。

「このへんで一番安かったんですよ」

言いながら、咲がてきぱきと荷物を下ろしていく。

「いや、でも、さすがに……」

「私、こういうの全然大丈夫なんですよね」

こっちは全然大丈夫じゃない。

「ほかに、もう少しちゃんとしたホテルとか旅館とかありませんでしたか？」

町はずれに進んでいく車のルートから嫌な予感がしなかったわけではないが、まさかと思い、なにも問い質（ただ）さなかったことを後悔した。

「と、思うじゃないですか？　でも実はここが現場へのアクセス一番いいんですよ！」

なぜか咲は得意げで、自分の荷物だけを抱えエントランスへと向かう。

梨枝は踵を返し、キャリーバッグを転がしながら咲とは逆方向へ歩きだした。

「あれ？　安藤さん？」

「自分で探します」

「あ、じゃあ、明日は撮影場所に現地集合でお願いしてもいいですか？　住所送っておきますんで！」

咲の言葉を背中で聞きながら、梨枝は足早にラブホテルの敷地を出た。

とにかく、市街地に戻らなくては。タクシーを呼ぼうとスマホを出し、その手を止める。ラブホテルの前まで来てくれと伝えるのはさすがに気が引けた。少し移動してから改めて連絡することにする。その間に、タクシーの一台くらい通るだろう。

が、数分ほど歩いてから、その見立てが甘いことに気づいた。ここは熊本県と福岡県の県境に位置する辺鄙な田舎町。車がなければ最寄りのコンビニにも行けないほどマイカー文化が定着したこの地で、真っ昼間からタクシーを使うような人間はそうそういない。

立ち止まって、もう一度スマホを出した。Googleに『荒尾　タクシー』と入力して検索をかけ、一番上に表示されたタクシー会社に電話をかける。

「あの、タクシー一台お願いしたいんですけど」

「どちらまで？」

中年の男がぶっきらぼうに訊いてきた。

「えっと、ここどこだっけ？　道なんですけど」

そらそうやろね、と鼻で笑われてしまった。

周りを見渡すが、当然ながらランドマークになるようなものはなにもない。

「あ、あのラブホ……」と言いかけてやめる。

「ちょっと待ってください。現在地の住所言います」

梨枝はいったんスマホを耳から離し、地図アプリを開いた。現在地が表示される。

通話口に向かって「荒尾市」と告げたところで、スマホの画面が消えた。

「あれ？　もしもし？　もしもーし！」

まさかの充電切れである。

「あーもう！」

一日中スマホをいじっていたツケだ。別に好きでいじっていたわけではないのに、なぜこっちがツケを払わされなきゃいけないのか。

梨枝はぶつけどころのない怒りを舌打ちに変え、邪魔なだけの有機ELと化した物体をポケットにしまった。不意にゴルフ場で笑う猪本の顔が頭に浮かぶ。ゲリラ豪雨に見舞われることを心の底から念じた。

しかし、このままここにボケッと突っ立っているわけにもいかない。梨枝は、うっすらとした記憶を頼りに歩きだした。

無心で歩き続け、気づくと辺りは田園風景になっていた。この農道に入れば市街地への近道になるはず……と思ったが、どうやら記憶違いだったらしい。

足の先がジンジンする。梨枝は立ち止まり、キャリーバッグを横に倒すと、その上に腰を下ろした。

ハイヒールを履いてきてしまった自分に腹が立ったが、ガタガタの道路をキャリーバッグを引きながら延々歩くハメになるとは、想像もしていなかった。不可避の事態とも言える。

その時、細く伸びた農道の先から一台の車がやって来るのを視界の端が捉えた。

救世主とはこのこと。思わず立ち上がり大きく手を振る。我ながら大胆な行動ではあったが、今は藁にもすがりたかった。が、そこで、その救世主が軽トラであることに気づいた。急いで手を下ろしたが、時すでに遅し。

軽トラは、梨枝のかたわらでピタリと止まった。

「どげんしたね？」

懐かしい方言と共に運転席の窓に現れたドライバーは、齢七十は超えているであろうお爺さんだった。止めておいて勝手だと思うが、ますます乗る気が失せる。

「あ、すみません……スマホのモバイルバッテリーとか、持ってたりしませんよね？」

「なんね、それ」

ぽかんと開いたお爺さんの口から、かろうじて残っている数本の歯が覗いた。

「ですよね……」

わかっていた。わかっていたけど、訊いてみただけ。

辺りを見回すが、ほかに救世主が現れる気配はない。背に腹は代えられなかった。

「……あ、あの、乗せてもらうことってできます？　近くまで」

「それはよかばってん」

二つ返事の承諾に、かえって面食らう。

人気のない農道に、トレンチコート姿で大きなキャリーバッグを持ち帽子を目深にかぶったサングラスの女。梨枝なら、そんな怪しげな人物を易々と車に乗せたりしない。

「あ、ありがとうございます」

お爺さんの指示に従い、キャリーバッグを荷台に載せると、梨枝は助手席に乗り込んだ。

「よろしくお願いします」

「どこまで行くね？」

「どこか、ちゃんとしたホテルか旅館のそばで降ろしてもらえると嬉しいのですが」

「どこね、それ？」

「まぁ、とりあえずもう少し市街地のほうにお願いします」

「シガイチ？」

「……とりあえず、このまま進んでください」

説明する時間が惜しい。

軽トラが発進した。サスペンションが搭載されてないのではないかと疑いたくなるほど、ダイレクトに衝撃が臀部（でんぶ）へと伝わってくる。振り返ってキャビンのリアガラスから荷台を見ると、釣り上げたばかりのカツオよろしくキャリーバッグが跳ね回っている。段差があったのか、軽トラが一際大きく飛び上がった。

「いたっ」

低い助手席の天井に頭をぶつけて、思わず声が漏れる。

「大丈夫ね？」

「あ、はい」

本当は、痛みと情けなさで涙が出そうだ。

なぜ、こんなことになってしまったのか――。

すべての原因はあの日。それだけは間違いなかった。けれどあれさえなければと恨み節を吐く自分と、身から出た錆と諦めたように呟く自分が梨枝の中に同居している。

軽トラは農道を抜け、市道に出た。

西日が梨枝の顔に照りつける。まぶしさで目を開けていられないほどだ。

梨枝は、いつの間にか外していた大ぶりのサングラスをハンドバッグから取り出して装着した。それでも、紫外線は容赦なく無防備な肌細胞を焼き殺しにくる。

そう言えば、あの日もこのサングラスは、浴びせられるフラッシュの光からなんら梨枝を守ってくれなかった。

しょせん、その程度のもの。すべて気休め。そんなことは重々承知している。

それでも、なにもないよりはマシだった。

2

『今日の夜、空いてますか？』

映画監督の萩原真之介（はぎわらしんのすけ）からスマホにそのメッセージが届いたのは、コマーシャル撮影を控えた楽屋だった。

「梨花さん、ケータリングもありますけど」

ヘアメイクの女性に髪をセットしてもらっている梨枝に、現場マネージャーの森が楽屋の戸口から声をかけてくる。

「いらなーい」

鏡に向かって答え、梨枝は透明の保存容器に入った手作りチャーハンを口の中にかき込んだ。急いで作ったせいで、ダマになった卵が口の中で転がる。

「おはよう！」

朝からハイテンションの猪本が楽屋に入ってきた。

「ちゃんとノックしてくださいよ。着替えてたらどうするんですか？」

「ああ、ごめんごめん」

梨枝の文句などどこ吹く風と聞き流し、猪本は続ける。

「食べてるね〜、チャーハン。ってことは、今日の撮影は気合入ってるってこと？」

「なんですかそれ」

素っ気なく返す。

「違うの？」

「ただのルーティンですよ」

「ま、しっかり頼むよ！　このCM、長期的にやっていくみたいだから！」

猪本はテンション高めのまま、梨枝の肩を思いっきり叩いた。

「いたっ……」

「ああ、ごめんごめん」

いつものように、猪本の「ごめん」にはまるで謝意がこもっていない。

その時、ノックの音がした。「はーい」という猪本の声を待ってドアが開き、CM制作会社の若い女の子が申し訳なさそうに顔を出した。

「撮影、オンタイムで始めて大丈夫でしょうか？」

「大丈夫でーす！」

なぜか猪本が答える。

安堵の表情を浮かべた女の子は、「では、よろしくお願いします」と言って静かにドアを閉めた。

「あ、ごめん、大丈夫だよね？」

猪本がヘアメイクの女性に尋ねた。確認というよりは、命令に近い。

はい、と彼女が答える。それ以外、彼女に返答の余地はなかった。


その日の梨枝の仕事は、グリーンバックと呼ばれる合成用の背景素材の前で商品のアイスをかじり、恍惚（こうこつ）とした表情で「とろける食感〜無重力〜」と言うだけの内容だった。あとは勝手に、彼女の体が宇宙空間にトリップしているように編集されるらしい。

そんないたってシンプルな撮影のはずなのに、なぜあれほど時間がかかるのか、何度やっても梨枝には理解できない。

「いいですね！　じゃあ今度はもう少しはにかんだ笑顔のパターンでお願いします。では本番、よーいスタート！　いいですね！　じゃあ、今の笑顔と一つ前の笑顔の中間くらいの笑顔でもう一回！」

この繰り返し。今の表情と一つ前の表情の違いがなんなのか、やっている梨枝本人にもまったく判別がつかないのに、監督と広告代理店の担当者、クライアントのメーカーの人たちは、今のほうがいいだの一つ前のほうも捨てがたいだのと熱心に議論を重ねている。

コマーシャル制作とは、コンプライアンス遵守と商品訴求というルールの基で捻出された企画のために、零コンマ一秒にまでこだわり抜いて撮影をし、そのワンカットごとに各分野の担当者たちが許容する好みの最大公約数を探っていく作業だと、梨枝は解釈している。

おかげで、たった三十秒の映像を撮影するために丸一日を要することもざらにある。かと言って、必ずしもそれが映像的クリエイティブに富んだものかというと、そうでもない。この場では、クライアントさえ満足していれば、その映像が面白いかどうかはさほど重要ではないのだ。

しかし、ただ心を無にして一日指示に従い続けるだけで労力対効果抜群のギャランティをもらえる。これこそが、需要と供給という経済活動の摂理。梨枝に文句があろうはずもない。

そんなこんなで撮影を終え、梨枝が恵比寿近辺に着いた頃には、二十一時を回っていた。

恵比寿駅東口、四差路の信号手前でタクシーを降りて雑居ビルに入る。

エレベーターの前にはほろ酔いのサラリーマンらしき男たちが三人。梨枝はキャスケットを目深にかぶり直して顔を伏せた。

上階にいたエレベーターが、寄り道せずに一階へと降りてきた。

ドアが開き、サラリーマンに続いて乗り込んだ梨枝は、五階のボタンを押した。どうやら男たちの目的地は、八階のラウンジらしい。

アルコールと汗と焼肉のタレを混ぜ合わせたような匂いが、密閉された空間に充満する。

息を詰め、永遠とも思える十数秒を経て、ようやく五階に到着した。エレベーターを降りると、梨枝は脇目も振らずに目当てのドアを開けた。

この店には、何度か萩原に連れて来られたことがある。

三十平米ほどの空間に、七人掛けのカウンターとボックス席。椅子はベルベット素材で統一され、タングステンライトの暖色に包まれた店内は、バーというよりはスナックに近い雰囲気だ。

萩原は、いつもどおりカウンター席の一番奥の席にいた。

梨枝に気づいて一瞥を寄越す。

「すみません、遅くなりました」

梨枝は萩原の隣の席に腰を下ろした。

萩原のほかに客は四人。カウンターに四十がらみの男性客が一人と、ボックス席に三十代と思われる男女のグループが三人。皆、ほかの客に関心はないようだ。

すばやくそれを確認して、梨枝はかぶっていたキャスケットを取った。

「使ってくれているんですね」

萩原が梨枝のキャスケットを見て、どこか満足そうに白髪の混じった顎髭を触りながら言った。

「もちろんです」

これは先月、萩原から誕生日プレゼントとして贈られたものだ。プレイボーイとして名を馳せている萩原のこと、社交辞令みたいなものだろうと思い受け取った。

「僕と会うからわざとでしょ？」

「バレました？」

そう笑っておく。萩原は嬉しそうにハイボールのグラスを傾けた。わざわざ自宅までキャスケットを取りに帰った労力が報われたことに、梨枝は内心ほくそ笑んだ。

カウンターの向こうから、小太りのマスターがおしぼりを寄越すついでに飲み物の注文を訊いてきた。ウーロンハイを薄めにとお願いする。

「明日は？」

萩原が梨枝のスケジュールを確認する。

「雑誌の撮影が」

「早いの？」

「ええ。九時インなんです」

本当は十三時だけれど、そこは嘘も方便というやつ。

「頑張ってますね。じゃあ、今日はあまり遅くまでは付き合わせられないな」

そう言いながら、萩原は残念そうな顔を隠そうとしない。

ちょうど運ばれてきたウーロンハイをマスターから直接受け取り、そのまま萩原のグラスと合わせて乾杯する。

カラカラに渇いた喉に、冷たい液体が心地よく流れ込んでいく。疲れきった心と体も潤っていくようだ。

「本当はもっとお芝居の仕事がしたいんですけどね」

待ってましたと言わんばかりに、萩原は体ごと梨枝のほうを向いた。

「まだオフレコなんだけど、今、動いてる映画がありまして」

梨枝も体勢を萩原のほうへ微調整する。

「梨花ちゃんに、いい役があるんですよ」

「本当ですか？」

「秋頃のスケジュールはどうかな？」

「多分、大丈夫だと思いますが、一応事務所に聞いていただけると」

中堅女優らしい、そつのない返事。新人のようにがっついていると思われたくなかった。

「では、もう少し具体的になったら事務所に話しますね」

「はい」

萩原はグラスに残ったハイボールを一気に流し込んで、おかわりを注文した。

「どんなストーリーなんですか？」

内心うずうずしながら、梨枝は尋ねた。今年で二十八歳。年齢的にも女優人生の岐路に立っている自覚があった。

「オフレコなんですけどね、今回は年の離れた男女のラブストーリーにしようと思ってて」

萩原は堰(せき)を切ったように饒舌(じょうぜつ)になり、ストーリーを梨枝に話して聞かせた。

梨枝は適度な相槌(あいづち)と質問を挟みながら熱心に話を聞いていたが、自分が一体どんな役を演じる予定なのか、最後までわからなかった。

やがて、ボックス席のグループ客の男がカラオケを歌い始めた。十年ほど前に若者の間で流行ったバンドのアップテンポな曲だ。

梨枝は曲名を思い出そうとしたが、すぐに諦めた。その当時、喜々として口ずさんでいたはずのその曲も、今となっては煩いだけの不快な雑音と大差ないように思える。それが歌のせいなのか、男の歌唱力のせいなのか、梨枝にはわからなかった。


店を出たのは、零時を少し過ぎた頃だった。

萩原に送ると言われ、断る理由も見当たらず、梨枝は一緒にタクシーに乗り込んだ。

「ごちそうさまでした。楽しかったです」

数分前に店で言った同じセリフを梨枝はもう一度口にした。これで失礼します、という意味を言外に込めたつもりだったのだが、萩原にその意図は伝わらなかったようだ。

「どうですか？　もう一杯くらい」

遅くまで付き合わせられないと言った口で誘ってくる。

「もう一杯くらいなら」

映画出演の件もあるので、断れなかった。むろん、警戒心などおくびにも出さない。

「ワインは好きですか？」

「はい。そんなに強くないですが」

「僕の事務所が白金なんですけど、美味しいワインが手に入って。よかったら、少し寄っていきませんか？」

一瞬ためらったが、梨枝は笑顔で答えた。

「……いいんですか、お邪魔しても？」

酔ってはいないようだし、プレイボーイとはいえ、萩原は誰彼構わず手を出すような見境のない男ではない。これまで梨枝に対してもいたって紳士的に振る舞っていたから、あくまで同業者としての付き合いだと、気を許している部分があった。

「あ、安心して。下心なんかありませんから」

萩原は、その日一番の大げさな笑い声をあげた。笑って応じる以外、梨枝に術はなかった。

萩原の事務所は、目黒通りに面したマンションの一室だった。ここを訪れたのは初めてだったが、事務所というより別宅といった感じだ。

ソファに座り、赤ワインをちびちびと舐めながらひたすら萩原の昔話を聞く。

幸い心配していたようなことはなにもなく、二時間も経つと、ほとんど一人でボトルを空けた萩原の両眼がトロンと溶け出して呂律も怪しくなった。

その機を逃さず、梨枝は丁重にお礼を述べてマンションを後にした。

彼らがやってきたのは、梨枝がほっとしながらマンションのエントランスを出た時だ。

「女性エイトですが、女優の安藤梨花さんですよね、ちょっとお話いいですか」

突然、記者らしき男からボイスレコーダーを向けられた。同時にもう一人の男――カメラマンが断りもなく一眼レフカメラで梨枝の写真を撮る。

白い閃光に、梨枝は思わず目を細めた。サングラスをかけていなかったことに気づき、慌ててハンドバッグの中を探る。

「ここって映画監督の萩原真之介さんの別宅マンションですよね」

梨枝の返答を待たず、記者は矢継ぎ早に質問を投げかけてくる。

「萩原監督とはどういったご関係ですか？　もちろん監督が既婚者だということはご存知ですよね？」

混乱が梨枝の思考を奪っていく。ようやく見つかったサングラスをかけながら、

「ちょっとわからないです」と答えるのがやっとだった。

「二時間以上もお二人だけでなにをされていたんですか？」

再びカメラのフラッシュが梨枝の顔を照らす。その光が、かろうじて残っていた梨枝の思考をショートさせた。

「すみません、事務所通していただいてもいいでしょうか。すみません」

「つまり萩原監督とはそういったご関係ということですか？」

呼んでおいたタクシーがちょうど停車した。一目散に車に駆け込み、自宅の住所を告げる。

タクシーが滑るように発車し、少し気持ちが落ち着くと、大きな後悔が襲ってきた。

記者の最後の質問に、なぜ否定の返事をしなかったのか……。

まぶたの裏には、フラッシュの残像がしつこくこびり付いていた。

猪本から呼び出しがあったのは、それから三日後のことである。

「なんですぐ言わなかったのよ」

事務所の会議室で、猪本はわかりやすく困り果てた表情で言った。

「いや……言うほどのことじゃないと思って」

「言うほどのことでしょ。週刊誌に撮られてるんだから」

「でも、なにもしてません」

「だから、するとかしないとかじゃないの、これは。撮られるか撮られないかなの。いつも言ってるでしょ。あ～、しかも不倫じゃ～ん」

この世の終わりでも来たかのように、猪本は頭を抱えた。

「だからしてませんって、なにも！」

「でも、家には行ったんでしょ？」

「家じゃなくて、事務所です」

「誤差だな〜」

「誤差じゃないですよ！」

「なにしてたの？」

猪本が梨枝にジトッと疑惑の目を向けてくる。

「ただ話してただけです」

「二時間以上も？　二人きりで？」

「はい」

「もう〜」と再び頭を抱える猪本。

「なにがダメなんですか、それの」

私が枕営業をする女優だとでも？　梨枝もだんだんむかっ腹が立ってきた。

「ダメじゃないよ」

「じゃあ、いいじゃないですか」

「よくもないよ」

堂々巡りの会話に厭いて、梨枝は小さくため息をついた。

「謝りに行かなきゃな〜。CM大丈夫かな〜」

「なんで謝るんですか？　私、なにもやましいことしてませんよ」

「それはわかってるけど」

「じゃあ、そう言ってくださいよ」

「言うよ。でもそれを世間が信じてくれるかどうかは別問題でしょ？」

猪本が珍しく真顔になる。

もちろん、梨枝もそのくらいの理屈はわかっている。ただ、腑に落ちないだけだ。

「社長はどうなんですか？」

「え？」

「私と萩原さんになんかあったと思います？」

「そりゃ、ないと思う……けど」

歯切れが悪いのが、信用されていないようでまた腹が立つ。

「けど？」

「いや、そうでしょ？　僕ですらそう思っちゃうんだから世間はどう思うかってこと。

軽率な行動を取っちゃったのは間違いないんだから」

正論も正論。ぐうの音も出ない。

「……すみませんでした」

梨枝は素直に頭を下げた。納得はしていない。でも理解はしている。

「ま、あとはこっちでやるから。しばらく大人しくしてて」

そう言って、猪本はせわしなく会議室を出ていった。

週刊誌の記事が出回ったのは、その二日後だ。映画監督と女優の不倫スキャンダルという、わかりやすくベタな構図はワイドショーの格好の餌になった。お互い事務所を通して身の潔白を説明したが、世間にとっては、どうでもいいことらしい。しばらく大きな話題がなかったことも災いした。萩原はいつもの火遊びとして片付けられたが、清純派女優として認知されていた梨枝は、脇が甘いだの失望しただの好き勝手にこき下ろされたあげく、事実上の休業状態になってしまった。

当然のごとくコマーシャルは降板。半年経つ頃には世間の関心も薄れたが、それと同時に小さな仕事すらなくなっていた。もちろん、萩原からのオファーもない。

世界から見放されたような日々の中で心がやさぐれていた、そんな時だった。

「密着ドキュメンタリー？」

　懐疑心が伝わるように、電話の向こうの猪本に梨枝はあえて繰り返した。

「そうそう！　『RE：START～完全ドキュメント　安藤梨花の新たな出発～（仮）』。どう、これ？　ま、ベタだけど復帰仕事としてはいいでしょ？」

「すみません……私、そういうのはちょっとやりたくないです」

「いやいや、待ってよ～。結構大変だったんだよ、これ取ってくるの～」

「私、言ってましたよね？　プライベートの切り売りみたいなことはしたくないって」

「ま、そうだけどさ～。こんな状況だし、騙されたと思ってやってみようよ！　案外、安藤梨花の新しい扉が開くかもしんないでしょうよ！」

「でも……」

　ささやかな抵抗の意思表示は、「あ、先日はどうも～！」という梨枝ではない誰かに向けた言葉にかき消された。

「ごめん、今から打ち合わせなのよ！　ま、一回話そう！　近々事務所きてよ！　じゃあ！」

　一方的に通話を切られる。

　静かになったスマホを見つめ、ため息をつく。

選択肢などないことは、当の梨枝が一番わかっていた。藁にもすがる思い。そんなありきたりな慣用句が、頭に浮かんですぐに消えた。

3

安藤梨花と別れてラブホテルにチェックインした咲は、安っぽいベッドカバーのかかったダブルベッドに仰向けに寝転がると、スマホを出して電話をかけた。コール音を聞きながら辛抱強く待つ。ようやく「はいはい」と男の声が応答した。

「お疲れ様です。無事着きました」

番組プロデューサーの田所に報告する。ディレクターである咲の上司だ。

「あー、そう。どう？　イケそう？」

軽い調子で田所が訊いてきた。

「いや〜、どうですかね」

ベテランでも新人でもない、そこそこ名の売れたスキャンダル女優。ぶっちゃけ、扱いづらい。

「まぁ、いい感じにやってくれよ。うちもあの事務所には恩売っときたいから。いい若手出てきてるし」

「……はい」

気のない返事だということが伝わったのだろうか、

「悪い、今、取り込み中だから。なんかあったら連絡してくれ」

田所はそそくさと電話を切ろうとする。

「あの」

「ん？」

「本当にこれ、ちゃんとやったら推薦してくれるんですよね？」

あの場の口先だけの約束で終わらないよう、念を押す。

「おう、するする。だから頼むぞ。じゃ！」

言質というには軽すぎたが、すでに通話は切れていた。

咲はスマホを無駄に広いベッドの上に放り投げ、年季の入ったラブホテルの天井を見つめた。ゆうに築三十年以上は経っていそう。四十年かもしれない。そんな他愛もないことを考えながら目を閉じる。

普段なら、ロケバスだろうがデスクの硬い椅子だろうが目を閉じれば瞬時に眠りに落ちるのに、なぜか今日はまったく睡魔が襲ってこない。

体を起こして、室内を見回してみた。枕元に、ハンディタイプの電動マッサージ機が備え付けてある。振動部にはビニールがかぶせられ、消毒済みとペンで書いてあった。

果たして、なにをもって消毒済みと定義しているのだろうか。そもそもいつからこの機器はアダルトグッズと化したのだろうか。製造元は納得しているのだろうか。

そんな余計な考えが脳裏に去来するのは現実逃避の一環だとわかっていたが、明日から始まる、スキャンダルで干された女優との日々に思いを馳せるよりは幾分マシだった。

咲は、電動マッサージ機をつかんでスイッチを入れた。一日中重い荷物を担いで酷使した肩に当ててみる。

思いのほか、気持ちよかった。

＊

若い女性ディレクターが電動マッサージ機で肩をほぐしている頃、梨枝はぶつかってくるような軽トラの振動を一身に、いや臀部に受けていた。

――もう限界。おしりが悲鳴をあげそうになったその時、対向車線から一台のタクシーが走ってくるのが見えた。

「あ！　止めてください！」

急停車した軽トラから飛び降りると、梨枝は車の前に回り込み、タクシーに向かって大きく手を上げた。

が、無情にもタクシーは梨枝の前を素通りしていく。見送る梨枝の顔に絶望が浮かんだ瞬間、その切実な思いが通じたのか、タクシーは梨枝の少し先で止まった。

「よし！」

思わずガッツポーズが出た。急いで軽トラに戻り、運転席のお爺さんに礼を言うと、荷台に積んであったキャリーバッグを引きずり下ろしてタクシーに向かう。

さすがにタクシーでは、運転手が降りてきてキャリーバッグをトランクに載せてくれた。

後部座席に乗り込んで振り返ると、ここまで梨枝を運んでくれた軽トラはすでに走り去ったあとだった。なんだか、妙にお爺さんが懐かしく思える。

「どちらまで？」

運転手の男が訊いてきた。

「なんか、近くのホテルか旅館にお願いします」

「ホテルか旅館……ですか？　えっと……どがんかとこがよかですかね？」

詳しくないのか、戸惑った様子で応える。

「綺麗でちゃんとしてるとこならどこでも」

説明するのも面倒で、ぶっきらぼうに言った。

「ちゃんとしたホテルか旅館……」

独りごちながら、運転手が充電中のスマホを手に取る。梨枝は思わず前方に身を乗り出した。

「あ！　その充電器貸してもらえませんか？」

「え、あ、はい……ちょっとコードが短かかばってん……」

運転手は自分のスマホを充電用ケーブルから抜き、プラグを梨枝のほうに向けた。

確かに、後部座席まで引っ張ってくる長さはない。梨枝は身を乗り出したまま手を伸ばし、プラグを自分のスマホに挿して起動を待った。

「ビジネスホテルごたっとでよかですか？　それとも、もっとちゃんとしたとこのほうがよかですか？」

近隣の宿泊施設を検索しているのだろう、運転手がスマホを見ながら尋ねた。

答えずにいると、運転手はさらに続けた。

「旅館やと隣町まで行かんといかんとですよ。言うてもそがん選択肢はなかとばってん……」

ようやく梨枝のスマホ画面が明るくなった。それを待っていたかのように電話が鳴り、画面に『社長』の文字。

「ちょっとすみません」

断りを入れ、梨枝は応答ボタンをタップした。

そこで気づく。コードが足りない。かと言ってスピーカーモードにするわけにもいかない。仕方なく体を屈め、顔を無理やりスマホに近づけて電話に出た。

その拍子にサングラスが外れて床に落ちたが、構ってられない。

「ごめんごめ……」

猪本のお気楽な呼びかけを遮る。

「ちょっと、どういうことなんですか!!」

「え、なに？　どうしたの？」

「実家に泊まれって言われたんですけど！」

「あ〜、そうそう。あれ？　言ってなかったっけ？」

屈託のなさが、また頭にきた。

「聞いてません！」

「でも、大丈夫だよね？」

「大丈夫じゃないですよ！」

体勢のせいでよけいに頭に血がのぼる。梨枝は充電用ケーブルからスマホを引き抜き、体を起こした。

「まあまあ。地元帰るのも久しぶりでしょ？　せっかくだから成長した安藤梨花の姿を家族に見せておいでよ。あれ？　本名はリサだっけ？　エリだっけ？」

「梨枝です！」

語気の強さに驚いたのか、バックミラー越しに運転手の男と目が合った。

まずい。素顔を晒（さら）してしまっている。

「あ、そっかそっか。ね、今回はそうしよう！」

「でも……」

言いながら、梨枝は急いで床のサングラスを拾ってかけ直した。

「これでも結構大変だったんだよ、この仕事取ってくるの～」

「そうかもしれませんけど」

「やるって決めたんでしょ」

猪本がふいに突き放したような冷たい口調になり、梨枝は思わず口をつぐんだ。ふだんは人一倍、いや人の百倍くらい愛想がいいくせに、こと仕事のこととなると毛ほども甘えを許さない。

しかし、すぐにまたいつもの軽い調子に戻る。

「ね？　今回だけだから！　これ話題になったら、またドラマの仕事とかも入ってくるだろうし！　ね？　ま、なんかあったら連絡して！　じゃあ頑張って！」

猪本の電話は切れた。梨枝は大っぴらにため息をつき、スマホを座席に放った。

バックミラー越しに運転手の視線を感じ、

「……ああ、すみません。なんでしたっけ？」

露骨に不機嫌な声で訊く。もはや取り繕っている気持ちの余裕がない。

「あ、いや、大丈夫です」

怯（おび）えたように答えて、運転手はタクシーを発進させた。

運転手がバックミラー越しに梨枝をチラチラ見ているのはわかっていた。

サングラスをかけているから向こうにはわからないのかもしれないが、もう何度も目が合っている。これまでもタクシーに乗るたび、幾度となく経験してきた。

——もしかして安藤梨花さんですか？

間違いなく、次にはこう訊かれる。

暇潰しに話し相手になる時もあるが、今はそんな気分じゃない。ただでさえ、なるべくこっそり撮影を終わらせたいと思っていたくらいだ。帽子を深くかぶり直し、顔を伏せて寝たふりを決め込もうと目を閉じる。

その時、運転手が急に話しかけてきた。

「もしかして園田か？」

想定していたのと違う質問に、梨枝は面食らった。

本名で梨枝を呼ぶ人間は限られる。まさか知り合い？　思わず顔を上げた。

「やっぱりそうやろ！　園田やろ！」

運転手は道路脇に車を止めると、嬉しそうな笑顔で振り返った。

「俺たい！　俺！」

「え？」

すぐにはピンとこない。

「覚えとらんや！　猿渡拓郎（さるわたりたくろう）！」

名前を聞いたとたん、

「……さるたく⁉」

脊髄反射的に口から出た。

「そうそう！」

猿渡拓郎、通称さるたく。梨枝の学生時代の同級生だ。同じクラスになったことはあったが、それほど親しかったわけではない。

さすがにこの状況で顔を隠し続けるのはためらわれ、梨枝はサングラスを外した。

「久しぶり……」

「ほんと久しぶりやな～！　帰ってきとったんか！」

「うん……」

そう言えば、拓郎は昔っから人懐っこい性格だった。

「どがんしたんや⁉　里帰りか⁉」

訊かれたくないことを、拓郎は遠慮会釈なしに訊いてくる。

「ま、ちょっと仕事っていうか……」

「あ！　さっき電話でしゃべりよったな！　なんね⁉　映画ね⁉　ドラマね⁉」

興奮気味の拓郎に気圧（けお）され、梨枝は仕方なく答える。

「いや、今回はそういう大きなのじゃなくて……ドキュメンタリーみたいな」

「ドキュメンタリー⁉ まさか情熱大陸か⁉」

「ま、なんか、似たようなやつ……」

と、返しておく。干された女優にだってプライドくらいはある。

「へ～！ さすが！ こん町の自慢ばい！」

その言葉に、梨枝の危機管理センサーが反応した。

「あの、さるたく」

「ん？」

「私が帰ってきてること、ほかの人には黙っててくんない？」

「なんでや？」

「いや、なんて言うか」

「ああ！ そうか！ バレて、撮影しよるとこに人集まると大変やもんな！」

「うん、ま……」

「オッケオッケ！」

「私とさるたくだけの秘密ってことで、よろしくね」

「俺と園田だけの秘密……よっしゃ！」

妙に張りきって、拓郎はタクシーを急発進させた。その反動でシートに後頭部をぶつける。今日はとことんついてない。どうやら熊本ナンバーの車とは相性が悪いらしい。

なにはともあれ、拓郎から帰省の情報が漏れ伝わる心配はなさそうだ。安心して梨枝はまぶたを閉じた。

歩き疲れたせいか、それとも気疲れのせいか……急に睡魔が襲ってきた。

「着いたぞ！」という拓郎の声で梨枝は目を覚ました。

すっかり眠り込んでしまったらしい。時間にしたら、ほんの十分くらいか。ずいぶん早かったなと思いつつ、まだ眠気で重い頭を二、三度振った。

トランクのキャリーバッグは、すでに拓郎が下ろしてくれている。

タクシーから降り立ったその時、寝ぼけ眼が、見覚えのある古い日本家屋を捉えた。

「ここ、実家じゃん」

思わず口から出た自分の言葉で、残っていた睡魔が吹っ飛んだ。

「あら？　よかっちゃろ？」

あっけらかんと拓郎が答える。

「ホテルって言ったでしょ！」

張り上げた声に反応したのか、近所のどこかで犬が吠えはじめた。この辺りの番犬は優秀らしい。

「ばってん、さっき電話で実家に泊まるて話しよったろ？」

「いや、あれは……いいから、とりあえず、ホテル連れてって！」

梨枝はもう一度キャリーバッグをトランクに載せようと、車の後ろに回った。トランクに手を掛けたが、開かない。

見ると、拓郎はすでに運転席に乗り込んでいた。キャリーバッグを置いたまま運転席まで戻り、窓を叩く。

「トランク開けてよ」

「照れとるんか？」

窓を下ろしながら、拓郎が冷やかすように言う。

「いや、そういうんじゃなくて……」

「久しぶりやもんな～。ばってん積もる話もあるやろもん」

「だから……」

「ま、なんかあったらいつでも連絡してくれ！」

拓郎は人の好さそうな笑顔で梨枝に自分の名刺を押し付けると、タクシーを発進させた。

「ちょっと！」

「時間あったら飲みにでも行こうや～」

窓から出した手をひらひら振りながら、拓郎のタクシーが遠ざかっていく。とっさに追いかけようとしたが、このヒールではまともに走れない。

「あ～もう！」

早々に諦めた。別のタクシーを呼べばいいだけのことである。梨枝はポケットからスマホを出した――が、また電源が落ちている。

「しまった……」

心の声がだだ漏れる。結局、タクシーの中でほとんど充電できなかったのだった。

いつの間にか、犬の鳴き声が増えている。この辺りの番犬はチームワークも兼ね備えているらしい。

梨枝は観念して体を反転させ、ぽつんと道路に置き去りにされたキャリーバッグの取っ手をつかみ、アルミ製の門扉を開けて、実家の敷居を跨いだ。

古めかしい玄関の前に立つ。動悸を抑えようとため息とも深呼吸ともつかない息を吐き、意を決してチャイムを押した。

しばらく待ったが、反応がない。もう一度、押してみる。やはり、反応はない。どうやら誰もいないようだ。

ダメもとで、玄関扉の脇に置いてある植木鉢をずらしてみた。

「あんのかよ」

また声が漏れた。鍵の隠し場所も十年前から変わっていないらしい。

鍵を回して、引き戸を開ける。足を踏み入れたとたん、十八年間慣れ親しんだ実家の匂いが梨枝の鼻腔を通り抜けていった。

脱いだハイヒールを揃えて三和土（たたき）の端に寄せると、キャリーバッグを抱えて薄暗い廊下を居間へと向かった。最小限に足音を抑えて慎重に進んだが、古くなった床材はミシミシと音を立てる。念のため襖（ふすま）を少しだけ開けて居間の様子を窺い、誰もいないことを確認してから中に入った。

鴨居には、子供たちのさまざまな賞状があの頃のまま飾られている。梨枝の賞状もあった。いつもらったものだったか、本人すら記憶にないけれど。

キャリーバッグを置き、仏間に続く襖を開けた。

奥の仏壇で、懐かしい顔が微笑んでいる。

しばしその場に佇(たたず)んでから、中に入って帽子とトレンチコートを脱ぎ、仏壇の前に座った。

母の枝美子(えみこ)の遺影に、そっと手を合わせて目をつぶる。

「……ただいま」

目を開けると、枝美子と目が合った。後ろめたさが込み上げて、思わず目をそらす。

その時、遺影の後ろに、隠すように置いてあるものに気づいた。

厚紙で作った、手作りの花のメダル。ピンクの折り紙はすっかり退色し、忘れ去られた思い出みたいにところどころが白っぽく剝げていた。

「捨てればいいのに」

わざと吐き捨てるように呟いて、梨枝は立ち上がった。

再び廊下に出て、実家を見て回る。しかし、一見したところ目ぼしい変化は見つけられなかった。十年という月日が、さも些細な時間の経過であったかのように思える。

玄関脇にある部屋の前で、梨枝の足が止まった。

父の康夫(やすお)の部屋。意識したわけではない。それでも、否応なくあの日の記憶が脳裏に蘇(よみがえ)る。

十年前の、高校三年生の秋。梨枝がこの家を出たあの日、それは奇(く)しくも枝美子の七回忌の日でもあった。

故意ではなかった。ただ単に、オーディションの面接日と、枝美子の七回忌法要が重なってしまっただけのこと。

今思えば、確かにタイミングが悪かった。朝から慌ただしく法事の準備に追われている姉に突然東京に行くなんて告げれば、そりゃあこんなセリフが返ってくるのも無理はない。

「あんた、本気で言いよるとね!?」

ボストンバッグを抱えて玄関に向かう梨枝を、喪服姿の真希（まき）が追いかけてきた。

この状況で姉に論理的な説明をしても無意味であることは、長年の経験から嫌というほどわかっていた。姉の前では、常に論理より感情が優先される。

言い訳を探していた時、玄関脇の自室から康夫が出てきた。

「あ！　お父さん！　梨枝が今から東京に行くとか言いよる」

真希がしっかり告げ口する。

「なんしに行く？」

「それは、お母さんの七回忌よりも大事なことなんか？」

康夫の視線を横顔に受けたが、前を向いたまま梨枝は答えなかった。

「……うん」

父親の目を見ずに言う。心を見透かすような康夫の冷然な目が、梨枝は小さい頃から苦手だった。

「そうか。なら、おまえはもう、園田家の人間じゃなか」

康夫は静かに、だがきっぱりと梨枝に言い渡した。

真希が驚いて目を見開く。廊下の奥からこちらの様子を窺っている、幼い弟の不安げな顔を見ると、さすがに胸が痛んだ。

叱責くらいは覚悟していたが、梨枝もまさかこの場で康夫に勘当されるとは夢にも思っていなかった。けれど、もう後には引けない。

「あっそ。ちょうどよかった。どうせ帰ってくるつもりなかったけん」

売り言葉に買い言葉で、玄関框（かまち）に座りスニーカーを履く。

すぐさま真希が反応した。

「は？　なんば言いよっと？　あんた？」

「そんまま東京で暮らす」

「高校はどがんすっとね⁉」

「やめる」

「そんな勝手なこと……」

立ち上がりざま、真希を遮るようにして叫ぶ。

「もう私十八ばい！　自分の人生くらい自分で決める！」

思い出すと赤面してしまうような青臭いセリフ。けれど、真希を黙らせるくらいの勢いだけはあった。

代わりに、康夫がおもむろに口を開いた。

「なんばすっとか知らんが、高校すら途中でやめるおまえごたっとが成功する甘か世の中じゃなかぞ」

未熟で無知な者を、呆れ諭す口調だった。

図星を突かれ、梨枝はこれ見よがしに鼻で笑った。

「……どうせ興味なんかないくせに。私がどこでどうなろうがお父さんには関係ないやろ？」

負けるもんかと睨(にら)みつける。今日初めて康夫と目が合った次の瞬間、左頬に激痛が走った。

ビンタされたことに梨枝が気づくまで、数秒の時間を要した。

「出てけ。二度と帰ってこんでよか」

押し殺した声とジンジンする頬から、父の怒りが伝わった。

あるのは意地だけ。梨枝はボストンバッグをつかみ、家を飛び出した。

ドラマだったら、きっとそんなシーンがフラッシュバックで挿入されるのだろう。

冷めた頭でそんなことを考えている自分が滑稽に思える。と、その時、玄関の鍵穴がガチャガチャと音を立てた。続いて、「あれ？」という若い男の声。

身を隠そうととっさに目の前のドアノブに手を掛けたが、同時に父親の部屋に無断で足を踏み入れてはならないという理性が働いた。すぐにその手を放して素早く移動する。ちょうど玄関の扉が開いた時、廊下の突き当たりの部屋に身体を滑り込ませることができた。

梨枝の記憶では真希の部屋だったそこは、見覚えのない部屋に様変わりしていた。

真希は結婚してとっくに家を出ているから、当然と言えば当然か。

ラックには男物のアウターやシャツ。起きたまま放置された掛け布団、ベッドに脱ぎ捨てられた、おそらくパジャマ代わりのジャージ。

壁には、誰だかわからない外国人サッカー選手のポスター、その横にはよく知っている、グラビアアイドルの雑誌の切り抜きが張られている。

あっちもエガーユ、こっちもエガーユ、か。

そんなことに気を取られていると、足音がすぐ近くまできていた。もはや部屋を出ることは不可能。身を隠せそうな場所もない。やむにやまれず、梨枝は布団の中に潜り込んだ。

ドアが開く。カバンを机に置き、上着をハンガーに掛ける音。

間違いなく、この部屋の主だ。このあとどうすればいいのか、一向にアイディアが浮かばない。今できることは息を潜め、なるべく体を平べったく保つことのみ……。

突然、梨枝の背中に重い何かが乗っかった。

「ぐえっ」

我慢できず声が漏れた。弾かれたように重みが消え、「え!」と狼狽する声。

次の瞬間、一気に布団を引き剝がされた。

「誰⁉」

端正な顔立ちをした制服姿の男子高校生が、不審そうに梨枝を見下ろしている。

「あ、いや……」

「え……まさか、梨枝姉⁉」

名前を呼ばれて、停止していた梨枝の思考回路が瞬く間に復旧した。

「……勇治？　勇治じゃん！」

幼い頃の面影を見つけて、思わず笑顔になる。記憶の中ではずっとあの時の不安そうな顔をした八歳のままだったから、弟が十八歳の高校生になっているという当たり前の事実に思い至らなかった。

「え、なんしよっと？」

勇治は混乱から抜けきれていない様子だ。

「いや、帰ってきた」

「いつ？」

「今日」

「なんで？」

「別によくない？　実家だし」

「ま、そうばってん……」

多少の覚悟はしていたが、想定を上回る気まずい再会シーンである。

「せ、背伸びたね。そりゃ伸びるか、十年ぶりだからね」

張り詰めた空気を弛緩させたい一心で梨枝は続ける。

「いや、しかし、さすが私の弟。なかなかのイケメンになったじゃ〜ん。お母さん似でよかったね〜」

勇治は口をつぐんだまま、目の前にいる女が本当に自分の姉なのか確かめているような、懐疑的な視線を向けている。

たまらず梨枝は弟から目をそらした。今度は壁のエガーユと目が合う。

「てか、好きなの？　エガーユ？　同じ事務所の後輩だよ。サインもらってあげようか？」

「親父のとこ、行ったん？」

脈絡を無視して勇治は言った。

「あ、いや、まだ……」

「俺、今から行くばってん……」

「あ〜、そう？　私はまた改めて……」

「改めて？」

「タイミング見て行くから……」

「タイミングてなん？」

「いろいろあんの……だから、真希姉にはまだ私が帰ってきてること黙っておいて」

「は？」

「お願い」

梨枝はベッドの上に正座し、勇治に向かって手を合わせた。まさか十歳も年下の弟にこんな形で懇願する日が来ようとは……。

そんな姉のなりふり構わぬ姿を見て、勇治はしぶしぶ折れてくれた。

「ま、別によかけど」

「ありがとう！」

「とりあえず、部屋出てってくれん……着替えたいけん」

「あ、ごめんごめん」

急いでベッドから下り、ドアに向かう。

「梨枝姉の部屋、そのまま残っとるばい」

「……うそ」

勇治が言ったとおり、二階の奥にあるその部屋は、確かにあの日梨枝が出ていった状態のまま、ティッシュケースの位置すら変わっていない。

こまめに掃除されているようで、埃（ほこり）っぽさもなく、すぐに使えそうだった。

――いったい誰が？

ふと疑問が浮かぶ。しかし、直後に咲から届いた『明日の集合場所です』というメッセージと住所のみが記された雑なショートメールに、その疑問はかき消された。舌打ちが出る。できればこれが今日最後の舌打ちであってほしい。

4

「あの、私、ここ来たことないんですけど」

町角にある駄菓子屋を前に、梨枝は言った。

「大丈夫です、仕込んであるんで。来たことあるってことでお願いします」

咲の様子に、後ろめたさは微塵もない。

「それだと、ヤラセになりませんか」

来たことがないどころか、店の存在すら知らなかった。だいたい、大人の足でも実家からこの店まで三十分以上かかるのだ。

「いえ、演出です」

いっそ清々しいほど、きっぱりと言い切る。

「いいですか？　安藤さんは、小学校時代にお母さんからもらったお小遣いを握りしめて、ここによく来てたというテイです」

「ティって言っちゃってるじゃないですか」

梨枝のツッコミを無視して、咲は続けた。

「多少、大げさでもいいので、なるべく感慨深さを前面に出してください」

「いや、だから、これ、ドキュメンタリーですよね？」

「だから、ドキュメンタリーにも演出はいるんですって」

まるで、梨枝の物わかりが悪いかのような言い方だ。

「だとしても、さすがにこれは……」

「まあまあ、とりあえずこれでも飲んで」

二人の間に割って入ってきたのは、タクシー運転手の制服を着た「さるたく」である。ポリ袋から200㎖ほどの紙パック飲料を取り出し、梨枝と咲に差し出す。

見慣れないパッケージだと思ったら、九州限定のご当地飲料だ。エメラルドグリーンにもライトグリーンにも見える鮮やかなその色味は今どきの健康志向と逆行していて、なんとも言えぬレトロさを醸し出している。

「あざす……えっと……」

飲み物を受け取りながらも、咲は馴れ馴れしい闖入者に戸惑いを隠せない。

「あ、荒尾タクシーの猿渡拓郎です！　『さるたく』って呼ばれとります！」

快活に拓郎が答える。

「どうも、瀬野です……」

さしもの咲も引き気味だ。

「自分、園田の同級生なんすよ！」

「ああ……で、なぜここに？」

「家からここまで送ってもらったんです」

梨枝が補足する。家には勇治しかいないし、二、三日くらいなら大丈夫だろうと、けっきょく実家に寝泊まりすることにしたのだ。正直なところ、自腹でホテル代を払うのも惜しい。

「そうですか。で、なんでまだここに？」

「さあ……」

首を傾げる梨枝と、ニコニコしている拓郎をけげんそうに見つめる咲。

その微妙な沈黙に、しゃがれた声が入ってきた。

「なんばしよっとね？」

声のほうを振り向くと、犬を連れた初老のお爺さんである。

「なんの撮影ね？　テレビね？」

好奇心丸出しで接近してくる。すかさず駆け寄ったのは、咲ではなく拓郎だ。「あ〜、うん、ちょっとね〜」と言いながら、物腰柔らかにお爺さんをその場から遠ざけていく。

咲は、拓郎の機敏なフィールディングを高く評価したらしい。

「まぁでも、手伝ってもらえるのなら、こちらは大歓迎ですけど」

冗談でしょ。仮にもテレビ番組の撮影なのだ。梨枝は苦笑交じりに「いやいや」と小さくかぶりを振ったが、咲には通じなかった。

「もしかして元カレとかですか？」

「違います！」

通じないにもほどがある。今のやり取りのどこを切り取ればその解釈に至るのか。

「じゃあ、別にいいじゃないですか」

「いや、そこの問題じゃなくて」

堂々巡りのやりとりに、梨枝はとうとう会話を諦めた。

「この先に、私が小学生の時によく行ってた駄菓子屋さんがあるんです。母にもらった百円玉握りしめて。あ、あった。わ〜懐かしい〜！」

梨枝は幼なじみに再会したかのような笑顔を作り、つい数分前に初めてその存在を知った駄菓子屋を指さした。

いつの間にか、拓郎には咲が構えたハンディカメラの脇でカンペを出す業務が与えられている。

「こんにちは〜」

引き戸を開けて店内に入った。梨枝に続いて、咲と拓郎も入ってくる。

店内には、今どきどこから仕入れているのかと思うくらい、昭和感満載の商品が所狭しと並んでいた。初めて来たはずなのにどことなく懐かしさを覚えるのは、日本人の遺伝子に駄菓子屋が原風景として組み込まれているからだろうか。

頭の隅で無用の分析をしていると、店の奥から老婆がのろりと顔を出した。

「あ、お婆(ばあ)ちゃん、久しぶり〜」

台本どおりのセリフを口にした。さすがに赤の他人にまで懐かしさを覚えるほどDNAは都合よく設計されてはいないが、続けるしかない。

咲が老婆にカメラを振った。カメラの下では拓郎が老婆に向けてカンペを出している。

老婆はゆっくりした動作で老眼鏡をかけると、カンペに書かれた文字を読み始めた。

「……ああ……久しぶりだねぇ」

予感はしていたが、見事なまでにまっすぐな棒読みだ。

「元気にしてた〜？」

「……ああ、元気だよ。あんたはどうだい？」

「私も元気だよ〜」

そこで老婆はふいに黙り込んだ。不自然な間が空く。

「ああ、まだあるとね？　ええと……」と老眼鏡をかけ直して、あからさまにカンペを覗き込む。

「そうかい？　それはよかった。ええ〜元気が、一番だからねぇ……」

「そうだよね〜……」

梨枝のやる気がどんどん吸い取られていく。

「カット」

咲が撮影を止めた。

「え、大丈夫ですか、これ？」

たまらず梨枝は言った。

「もう一度、店に入るところから行きましょう」

咲は答えず、老婆のそばに行き、もっと自然な芝居をするよう指示を出している。

「はいはい」

　ギャラが出るわけでもないのに、老婆は一生懸命セリフの練習を始めた。縁もゆかりもないお婆さんに、自分たちはなにをさせているんだろうか……そう考えると、梨枝はいたたまれなくなった。

「ま、次で挽回しましょう」

　駄菓子屋での撮影を終え、路上駐車しているヴィッツを目指しながら咲が言った。

「なに、その私のせいみたいな言い方」

　そう言い返したいのを、梨枝はすんでのところでこらえた。

「次はどこに行くとですか？」

　拓郎が張りきって咲に訊く。

「あ、有明海に。どこか画になるいいポイント教えてもらえると嬉しいんですけど」

「了解です！　任せてください！　先導しますばい！」

　拓郎が胸を叩かんばかりに請け合う。まさかとは思うが、自分の本業を忘れているのではなかろうか。

「あんた仕事は？」

思わず梨枝が確認すると、「よかよか、どうせ暇やけん」と手をひらひらさせてのたまう。

「なんか、すみません」

どこまで人がいいのか、咲の心にもない詫びの言葉を、拓郎は素直に受け取ったようだった。

拓郎が案内してくれた海岸沿いの道は、梨枝もよく知っている場所だった。

「海が好きで、よく来てました。海を見てると心が明るくなるんですよね」

有明海を見つめて歩きながら、台本のセリフを忠実に口にする。

「一回、止めます」

咲が言った。

海風で前髪が乱れる。梨枝は拓郎に預けていたカバンを受け取り、手鏡を出した。ヘアメイクがつかないこんな現場では、メイクも髪も自分で整えなければならない。

「あの、安藤さん、もう少し気持ち入れてもらえませんか？」

「はい？　台本どおりやってますけど」

尖（とが）った口調になったが、構うものか。

「なんというか、今の感じだとあまりグッとこないんですよね」

「それは台本に問題があるんじゃないですか？」

梨枝はわざと居丈高に言った。

「はい？」

咲の表情にも苛立ちが見えたが、さすがにこらえたらしい。

「……わかりました。じゃあシチュエーション変えましょう」

小さく息を吐いて、そう続けた。

「どこに？」

「ま、ちょっとベタですけど、お墓とか」

「は？」

お墓？　今、お墓と言った？　聞き間違いだろうか。

「お知り合いに亡くなられてる方いませんか？」

「なに、その不謹慎な質問……」

怒るよりも、呆れてしまった。

「いや、もうこの際知らない人でもいいので、今から撮影させてくれるお墓ありませんかね」

テレビマンは押しの強い人間が多いが、さすがに出演者の故郷でここまで図々しいのは珍しい。

「あるわけないでしょ」と言いかけた梨枝を押しのけるように、

「ありますばい！」

拓郎が自信たっぷりに声を張り上げた。

「ホントですか⁉」と目を輝かせる咲。

「いや、ちょっと待って」

「行くだけ行ってみましょう。行くだけ。さるたくさん、ご紹介いただけますか？」

「もちろん！」

「いや、本当にそんなとこ行く意味ありますか？　ねえ！」

主演女優の意見は無視され、咲と拓郎は早くも海を背にして歩きだしていた。

咲の指示どおり、墓石に水をかけて線香を焚き、墓前にしゃがんで手を合わせた。

神妙な表情を作り、目もつぶってみる。

「カット」と咲の声が飛ぶ。

梨枝は目を開け、やれやれというように立ち上がった。

「あの、このシーン意味あります？」

拓郎が二人を連れてきたのは、地元にあるお寺の墓地。お盆でもお彼岸でもないから、人気がないのがせめてもの救いだ。

咲はしばし無言で墓石を見つめ、大真面目に言った。

「泣きましょうか」

「え？」

「手を合わせて、涙流してください」

「いや、それ、ちょっと、あざとくないですか？　てか、これ誰のお墓？」

「村松(むらまつ)さん！　俺の親父の知り合いたい！」

少し離れたところから、マネージャーよろしく梨枝の荷物を抱えた拓郎が説明する。

「いや、私もそういう演出あんま好きじゃないんですけど、今のままだとさすがに盛り上がりが足りないって言うか」と咲。

「盛り上がりってなに？　ドキュメンタリーでしょ、これ？」

もう何度同じ質問をしたことか。しかし、今のところ一度も咲から納得のいく返答は得られていない。もちろん、今度も梨枝の質問はスルーされる。

「なので、お水かける、お線香置く、手を合わせる、目閉じる、目を開けると、うっすら涙……って流れでもう一回お願いします」

「いや、でも私、そもそも村松さん？　を存じ上げないので……」

「ええ人やったわ。こまか頃よう遊んでもろた」

拓郎が声を潤ませ、感傷に浸る。たちまち咲が食いついた。

「こんなふうに！　さるたくさんになったつもりで村松さんに想いを馳せて！」

「頑張れ園田！」

咲がなにを指示しているのか、拓郎がなにを応援しているのか、梨枝の頭はもはや理解することを拒否しはじめている。

「ハイ、ヨーイ！」

咲がカメラを構えた。

「いやちょっと待って」

「そんな号泣じゃなくていいんで！　目に涙をためるくらいでもいいです！」

「む、無理です」

「ここは割り切ってやってください！　あとは編集でナレーションかぶせてうまいことやっとくんで」

早口でまくしたてる咲の言葉を、梨枝は語気強く遮った。

「泣けないから！」

「……え？」

咲がきょとんとする。それはそうだ。誰だって同じ反応をするだろう。

言おうか言うまいか迷ったが、仕方がない。

「……私、泣けないから……」

こぶしを握りしめ、口ごもりながら告白する。

咲が黙った。鳥のさえずりを残して静寂が訪れる。本来、これが墓地のあるべき姿だ。

「……どういうことですか？」

「だから……！」

梨枝はイライラと腕組みした。

「私、泣けないんです」

小声の早口になる。

「それ、本気でおっしゃってます？」

梨枝はそれとわかるかわからないほど、小さくうなずいた。

「……女優さんですよね？」

咲はオブラートに包むという言い方を知らないらしい。

「なに？　ダメなの？」

梨枝は咲に食ってかかった。逆ギレだ。自覚はあったがもう止まらない。

「ダメじゃないですけど」

「どうしてもって言うなら目薬用意してください！」

「いや、目薬はさすがに……」

「なんで？　今まで散々ヤラセでやってきたんだから、そのくらい別にいいでしょ⁉」

「ヤラセじゃなくて演出です！」

そこだけは譲れないらしい。

「じゃあ、もう泣くのは無しでお願いします」

「ダメです、そこは妥協できません！」

咲はまっすぐに梨枝の目を見て、きっぱり言い切った。

梨枝がカッカッカッとヒールを鳴らす。抵抗の意思表示だ。梨枝にも女優としての意地はある。引くわけにはいかない。

睨み合う二人の不穏な空気を察知したのか、

「あ、じゃああれは？　あの、ようバラエティーとかでやっとる、くしゃみ出させる細くしたティッシュの。なんて言うんやっけ？」

拓郎が突飛なことを言いだした。

「……こよりですか？」

咲が答える。

「そうそう！　それで鼻ばこちょこちょすれば涙出るんやないかな？」

「は？」

バカじゃないの、という明確な意味を込め、梨枝は拓郎に顔をしかめてみせた。

「いや、なんかこう、手で隠して、涙こらえとるフリしながら、こちょこちょって」

「アリだな」と咲が真顔で言う。

「はあ⁉」

梨枝の口から素っ頓狂な声が出る。伝わっていない。こんなアホな提案をのむなんてどうかしてる。

「目薬の涙は嘘の涙ですけど、こよりの涙は本当の涙ですもんね」

「どういう論理よ⁉」

咲には独自の線引きがあるようで、そこをクリアするため無理やり自分を納得させているようにしか思えない。

「とりあえずいったん、やってみましょうか」

「もちろん！　やれることは考える前に全部やれって上司に言われ続けてきたんで！」

それでも咲が本気らしいことは、眼差しの強さでわかる。

「すべてはいい画を撮るためです！　トライしてみましょう！」

「こより、俺、作りますばい！」

言い出しっぺの拓郎が買って出た。

「あ、お願いしていいですか？」

「これでも手先だけは器用ですけん！」

拓郎が大ハリキリでティッシュを取りにいく。

「おかしいでしょって！　え、こより？」

もうどうにでもなれ——そんな諦めムードが、梨枝の中で醸されつつあった。

墓石に水をかけ、線香を供え、手を合わせる。

型通りの手順を踏んだあと、梨枝は唇を嚙みしめ、泣くのを我慢しているかのように左手で鼻と口を覆った。

ハンディカメラが、左から梨枝の横顔を捉える。それを合図に、カメラの死角から拓郎が差し出したこよりが、リレーのバトンさながらに梨枝の右手に渡った。もし見物人がいたら、間違いなくバラエティー番組のロケだと思うだろう。

梨枝は受け取ったこよりを、左手で覆った鼻の穴に素早く突っ込んだ。こよりの先が鼻腔を刺激する。何度かこちょこちょすると、涙腺が緩み、じわりと涙が溜まってきた。

もう少し……と思ったところで、

「へっくしゅん!」

涙より先にくしゃみが出た。このくしゃみを我慢しながら涙だけを流すのは至難の業だ。

「カット!」

咲の声に間髪いれず「無理!」と返したが、さらに「もう一回!」と咲はリテイクを要求してきた。

「はあ⁉」

「惜しかったばい! 園田!」

「もう一回、行きましょう!」

拓郎と咲が口々に言う。

「てか、なにこれ！　私、知らない人のお墓でなにやってんの！　ごめんなさい！　村松さん！」

「大丈夫！　村松さんはそんかことで怒る人やなかけん！」

拓郎が見当違いの太鼓判を押す。

「そういう話じゃなくて！」

どうしてこう、誰も彼も話が通じないのか。それとも自分の方が間違っているのか。

「もう一回お願いします！　さるたくさん、こよりあります？」

「バッチリ！」

拓郎が自慢げに大量のこよりを掲げて見せる。

梨枝はふと視線を感じた。近所の人が、塀越しに好奇の目でこっちを見ている。

梨枝は墓前を離れ、ブロック塀のそばに置いてあった自分の荷物を手に取った。一刻も早くこの場から離れたかった。

「どこに行くんですか？」

咲が梨枝に問う。

「すみません、もう無理です。私、こんなやり方では撮影できません」

そう言うと、梨枝は猛然と歩きだした。

「……じゃあ、なんで受けたんですか」

背中にかけられた咲の声に、梨枝の足が止まる。これまでにない、冷ややかな口調だった。

「やりたかろうが、やりたくなかろうが、受けたからにはどんな仕事でも最後までやるのがプロなんじゃないですか？」

挑むように、咲は厳しい言葉を浴びせかける。

「少なくとも私は、プロとしてここにいますけど」

堂々と言い切った。だがそれが矜持なのか、ただの生意気なのか、梨枝にはまだ判断できない。

——受けてやろうじゃないの。

そんなセリフを心の中で勇猛果敢なもう一人の自分が呟いた。梨枝は聞こえよがしにため息をつくと、ふてぶてしい顔で振り返った。

「では、明日までにもっとドキュメンタリーのこと勉強してきてください」

「は？」

思ったとおり、咲はカチンときたようだ。

「私もプロとして仕事したいので」

そう言うと、梨枝は足早にその場を立ち去った。

5

待ちきれなくなった咲は、企画書を手にしたまま黙ってしまった田所に返事を促した。

「どうですか?」

「まぁ、悪くはないと思うけど……これ、ドラマじゃん」

「はい」

「俺ら作ってんのバラエティーだからなぁ」

「はい。なのでドラマを作りたいんです」

その思いに、一片の曇りもない。

「いやいや」

呆れたように首を振りながら、田所は咲の企画書を雑多な書類の山の上に放った。

「正直、もう嫌なんですよ! なんか、芸人さんの控室に隠しカメラをセットしたりとか、プライベートな空間に突然押しかけたりとか、そういうの!」

テレビ局のバラエティールームに咲の声が響く。

自分のデスクに突っ伏して寝ていた若いADが、徹夜続きで目の下に濃い隈のできた顔を迷惑そうに上げた。

「嫌って、それも大事な仕事だろ？」

「お願いします！　一回でいいんで！　チャンスください！」

「まぁ、なんだ……そういう熱はドラマ行った時にとっとけ」

「いつになったら行けるんですか！」

「それは人事だから俺にはわかんね～よ」

「でも……」

「まずは言われた仕事で結果残せ。それからだろ、主張すんのは」

ド直球の正論を浴びせられ、咲の脆弱な主張はいとも簡単に瓦解した。

「あ、そうだ」

田所は思い出したように、咲の企画書の下になった書類の束を探った。

「おまえ、これやってみない？」と咲にペラ一枚の企画書を差し出す。

「安藤梨花の密着ドキュメンタリー。彼女の謹慎明け復帰仕事」

「でも、私、ドキュメンタリーは……」

「もう～今、言ったばっかじゃん。一回言われたとおりやってみろって～。言っとくけどドキュメンタリーは奥深いからな」

「でも……」

「でもが多いよ」

ぴしゃりと言われて、咲は黙った。

「よし、じゃあもしそれで結果出したら、俺からドラマのほうに推薦してもいいよ」

「本当ですか⁉」

「ああ。その代わり、ちゃんと引きのあるモン撮ってこいよ～」

……と、田所に言われたのが一か月前。

そこから、レギュラーでついているバラエティー番組のAD業務をこなしながら、行ったことも聞いたこともない九州の田舎町のことを一人でリサーチして、台本を書いた。

我ながら頑張ったと思うし、態勢も万全だったと咲は自負している。それなのに、なぜ落ち目のスキャンダル女優から、あんなことを言われなければならないのか。感謝されることはあっても、非難されるいわれはない。

コンビニの前に腰を下ろし、気持ちを落ち着けていた咲の頭にまた血が上る。

いつの間にか、飲んでいたコーヒーの缶が凹んでいた。深呼吸ついでに、タバコを深く吸い込む。赤ラークの12㎜が肺の奥底まで染み渡った。

その時、スマホが鳴った。田所からのＬＩＮＥメッセージだ。

『順調？』

咲もすぐさま返信する。

『順調ではないです』

『まー頑張れ（笑）』

語尾につけられた（笑）にイラつきながらどう返信しようか迷っていると、

『プロだろ？』

と追い込んできた。なにかあるとすぐこれだ。既読だけつけて放置する。

『そう言えば宇部。あいつ今度のドラマで監督デビューするらしいぞ〜』

え、と思わず声が漏れた。

宇部は咲と同期入社の男性局員だ。二人ともドラマ部志望だったが、運悪く一緒にバラエティー部に配属されたという因縁がある。

咲が先輩たちにどやされながら必死に仕事を覚えている間に、宇部は持ち前の要領の良さと愛想の良さで皆から可愛がられ、バラエティー部でたちまち頭角を現した。

若手ディレクターの中でも一目置かれる存在となり、入社三年目にして惜しまれながら希望のドラマ部へ転属していった。宇部と大きく差をつけられた咲が臍を嚙んだのは言うまでもない。

咲も毎年ドラマ部への転属願いを出しているが、いっこうに声のかかる兆しがない。宇部とはスタート地点が同じだっただけにいやでも比較され、それが咲にとって少なからぬストレスとなって日々蓄積されている。が、宇部のほうは咲のことなど歯牙にもかけていない。それがまた、咲の神経を逆なでするのだった。

咲が四本目のタバコに火をつけた時、後方から声がした。

「おまえ、それマジで言いよるんか？」

三人組の若い男たちがコンビニから出てきた。

一人は短髪で上下ともにアディダスのジャージ姿。一人は茶髪で、オーバーサイズのデニムとトレーナーにレイバンらしきゴツめのサングラスを合わせている。最後の一人は、ロン毛で上下スウェットというラフな出で立ち。

「え、旅って、旅行ってこと？」

茶髪レイバンが言う。

「自分探しの旅に決まっとろーもん！」

短髪アディダスが、車用の駐車スペースに堂々と止めていたスクーターに跨がりながら高らかに答えた。茶髪レイバンとロン毛スウェットが「おお～」と感嘆の声をあげる。短髪アディダスはしっかりヘルメットを装着すると、

「世界一周かましてくるわ！」

そう言って威勢よくスクーターを発進させ、一人、県道の先に消えていった。

「どうしたん、あいつ？」

友人の門出を手を振って見送りながら、ロン毛スウェットが首をかしげる。

「彼女にフラれたらしい」と茶髪レイバン。

「あ～。てか、世界一周って、原チャリでイケるん？」

「さあ？」

本気にしていないのか、二人ともさほど心配している様子はない。

しかし、三人組の会話を聞いていた咲の関心は、違うところにあった。

「自分探しの旅」

短髪アディダスが残した言葉が、自然と声に出ていた。頭の芯が熱くなって、二人が咲のほうを振り返ったのも目に入らない。咲はタバコを思いっきり灰皿に押し付け、立ち上がると短髪アディダスに負けない勢いで走り出した。

＊

梨枝は、勇治からきたＬＩＮＥの文面をもう一度確認した。

荒尾中央病院３０２号室。

県道１２６号線から脇にそれた坂を上がった先に、目的の場所はある。今、梨枝が立っている場所から歩けば、ほんの一、二分かそこらの距離だ。

しかし、梨枝はその場に足が釘付けになったまま、すでに十五分以上が経過していた。

行く手にある、見えざる壁をどうしても突破できない。サングラスとマスクをつけ、つばの大きなハットをかぶって立ち尽くしている梨枝に、通行人たちはいぶかしそうな一瞥をくれていく。

足が重い。喉も渇いた。梨枝は見えざる壁の突破を諦め、踵を返した。

少し先にジョイフルの看板を見つけた。関東ではあまり見かけないが、九州を中心にチェーン展開しているファミリーレストランだ。懐かしさが込み上げる。この町には二店舗あり、梨枝も学生時代によく利用していた。当時の梨枝の定番はチキンドリア。今でも舌が味を覚えている。

目的地を変更すると、それまで鉛のように重かった足が嘘のように軽くなった。平日の昼間、店内は空いていた。窓側のボックス席に腰を下ろす。そこからは病院の一部が視認できた。

やってきた女性店員に、コーヒーとチーズケーキを注文する。カフェインと糖分で、少しは頭も働くだろう。

「ドリンクバーでよろしいでしょうか」

コーヒーはセルフサービスということらしい。久しく訪れていなかったため、勝手を忘れてしまっていた。

ドリンクバーコーナーへ行き、コーヒーマシンに白いカップをセットする。濃いめのブレンドコーヒーが注がれるのを待ちながら、梨枝は室内で頑なにサングラスとマスクと帽子を身につけている自分がかえって目立っていることに気づいた。コーヒーの入ったカップとソーサーを持って席に戻り、サングラスとマスクを外す。いったい自分は誰から身を隠しているのか。自問していると、先ほどの女性店員がチーズケーキを運んできた。

ケーキ皿をテーブルに置く瞬間、彼女と目が合った気がして、梨枝は習性でさりげなく顔を伏せる。自意識過剰か。心の中で自虐気味に呟く。

しかし、チーズケーキを置いて立ち去ったその女性店員が、再び梨枝のテーブルに引き返してきた。

気づかれた？　やっぱりサングラスはかけておくんだった……と後悔したその時。

「もしかして園田さん？」

女性店員の声に、思わず梨枝は顔を上げた。

「やっぱそうたい！　私、内田！　覚えとる？　高二の時、同じクラスやった！　内田！」

「ああ、えっと……」

とっさには思い出せない。高校を中退して以来、梨枝は同級生の誰とも会っていなかったし、故郷での記憶を葬り去ろうとしてきたから。

「って、覚えとらんよね……」

彼女の面長の顔が、見る間に沈んだ。そのくるくる変わる表情が、ふと記憶をかすめた。

地味めのグループの一人で、よくチラチラと梨枝を見ていたような――。

「……内田さんだっけ？　……内田仁美さん」

下の名前が難なく出てくる。とたんに彼女の顔がほころんだ。

「うん！　そう！　え〜覚えてくれとったと⁉」

よほど嬉しかったのか、内田の鼻の穴が大きく膨らんだ。

「う、うん……あの、ちょっと声を……」

「あ、ごめん……」

内田は声のボリュームを落として、勧めもしないのに梨枝の対面に腰を下ろした。

「見よるばい。いつもテレビで！」

「あ、ありがとう」

「すごかね〜、でも、昔から可愛かったもんね。男子にもモテよったし」

「まぁ、女子からは嫌われてたけどね」

「でも、園田さんはあれよ、一匹狼って言うか」

謙遜のつもりで言ったが、かえって自慢げに映ったかもしれない。

言葉のチョイスはさておき、フォローしてくれている気持ちは伝わる。

「あ、覚えとる？　あの保健体育の授業の時のフィンキ事件！」

「フィンキ事件？」

「覚えとらん？　ほら、永岡（ながおか）っていうムカつく体育教師がおったやんね！」

「あ～、いたような」

おぼろげにその顔が浮かんだ。当時四十代半ばくらいだったか。体罰を前提とした教育を己の理念に掲げているような前時代的なサイコパス教師で、男子生徒からも女子生徒からも嫌われていた。今の時代なら、とっくに懲戒処分を受けていただろう。

「なんかそん時、永岡が機嫌悪くて授業せんで延々説教しよってさ。おまえらたるんどる！　とか、そのフインキがいかん！　一人一人のフインキが！　とか、わけわからんことばっか言いよったら、突然園田さんが永岡に『フインキて言葉はありません。フンイキです』って言ったんよ。そしたら永岡、急に顔真っ赤にして黙ってしもて。そのあと、しれっとフンイキって言い直して説教に戻ってさ。でも、みんな笑って、もう説教どころじゃなくて」

事前に用意してあったかのように淀みなくエピソードを披露し、内田は歯を見せて笑った。

「あったっけ？　そんなこと」

梨枝のほうは正直、覚えてすらいなかった。

「実は、私、あの日からひそかに園田さんのこと尊敬しとるとよ」

「そんな。大袈裟(おおげさ)でしょ」

「本当よ！　だけん、へこたれんで頑張って！」

内田は両手で梨枝の手をぎゅっと握りしめた。スキャンダルで落ちぶれた元同級生を憐（あわ）れんでいるのか。少しひねくれた見方をしていると、

「大丈夫！　私は園田さんの味方やけん！」

まっすぐ梨枝を見つめる内田の瞳は、彼女の言葉に偽りがないことを雄弁に物語っていた。

「うん……ありがとう」

梨枝は久しぶりに素直な気持ちで礼を言った。

と、来客を知らせるチャイムが響いた。入り口で、子連れ主婦のグループが案内を待っている。

内田は慌ただしく立ち上がると、

「ホント応援しよるけんね！」

最後にそう言い残して、自分の仕事に戻っていった。

いつぶりだろうか、こんなにしっかりと手を握られたのは――。

まだ内田の温もりが残っている自分の手を、梨枝はぼんやりと見つめた。

翌日、自宅に迎えにきた拓郎のタクシーの助手席には、すでに咲の姿があった。

「台本書き直しました」

梨枝が後部座席に乗り込むやいなや、咲がホチキスで留めた雑な台本を手渡す。

「説明させてもらってもいいですか？」

梨枝の返事を待たず、咲は話しだした。

「あのあと片っ端からドキュメンタリー映像をネットで観てみたんです」

その結果、ドキュメンタリーになにより必要なのは明確なテーマであることに気づいた。そこで、今回のテーマを「再発見」と設定し、この旅を女優・安藤梨花が地元の名所を旅して、その魅力を再発見しつつ、自分の新しい一面も再発見する「自分探し的旅」という軸で撮影していくことに決めた……と、梨枝に口を挟む隙を与えず、立て板に水のごとくひと息に語った。

「まずは八千代座ってとこに向かってください」

「了解です！」

咲の指示を受けた拓郎が、張りきってカーナビを操作する。

そこで梨枝は気づいた。今日の拓郎の服装。タクシーの制服ではなく、私服である。

「そう言えば、あんた、仕事は？」

「休んだ」

のほほんと拓郎は答える。

「大丈夫なの、それ？」

「大丈夫大丈夫」

梨枝が頼んだわけではないが、もしクビになったりしたら、多少は責任を感じてしまうではないか。

「ほんとありがとうございます」

例によって、咲の言葉にはカケラも心がこもっていない。

「え、まさか、あんたが頼んだの？」

梨枝は咲の後頭部に険のある眼差しを向けた。経費節約のためにレンタカー代をケチった？　さるたくとはいえ、元同級生をいいように使われるのは、さすがに許容できない。

「いやいや、俺から申し出たとたい。あれなら手伝いましょうかって」

「あんたね……」

梨枝は呆れた。お人好しにもほどがある。

「なんのお礼もできませんけど、これ」

咲が、拓郎にイダテレビのマスコットが象(かたど)られたキーホルダーを差し出した。

「おお！　あざます！　非売品ですか？」

「ではないですが、局内の売店でしか買えません」

「やった！」

さっそく車のキーにキーホルダーをつけている。これから一日中車両係として酷使される対価が、五百円のキーホルダー。割に合わないどころではないが、たいそうご満悦な拓郎を見て、梨枝は言葉を飲み込んだ。

拓郎のタクシーは、県道314号線を東に向かった。

そのまま29号線、3号線、16号線と県道を経由し、四十分ほど走ったところで、八千代座のある山鹿市(やまがし)に入った。

八千代座とは、明治時代に建てられた芝居小屋である。開業当時は様々な興行で地元に賑わいをもたらしたが、昭和の半ばには映画館となり、テレビの普及に伴い客足が減って、ついには閉館となってしまった。

一時は無用の長物となりかけた八千代座であるが、平成になって国の重要文化財に指定されたことを受け、大規模な修復工事を実施。現在は、歌舞伎の公演や地元のイベントなどで活用されている。

「なので、そういう過去のお芝居の歴史に女優として思いを馳せながら、新たな決意を胸にしている感じでお願いします！」

舞台背景の松羽目(まつばめ)を背にして、咲が言った。

「どういうこと？」

梨枝は枡席(ますせき)と呼ばれる四角に区切られた平土間の客席で、化粧を整えている最中だ。

「だから、そういう思いでやってくださいってことです。内容は台本に書いてあるようなことでいいので、そういう思いで咀嚼(そしゃく)して、自分の言葉として話してください」

「要するにヤラセはやめたってこと？」

「演出の方向性を変えたってことです」

モノは言いようである。いっそ感心してしまうほどだ。

そこへ、八千代座の女性職員がやってきた。施設の中を案内してくれるという。そこは抜かりなく、咲が事前に交渉したらしい。

梨枝は四十分ほどかけ、館内を見学した。

客席の天井には、色鮮やかな広告画と真鍮(しんちゅう)製のシャンデリア。舞台のぶどう棚や廻り舞台、奈落、スッポンなど、百年前に造られたとは思えない設備の数々。カメラを意識して梨枝は職員の説明に大きめの相槌を打ち、いちいち感嘆してみせた。

その様子を、咲が撮影していく。

八千代座は木造二階建てで、瓦の総重量は約七十八トン。大屋根を支える柱は五寸五分角が標準というどっしりした造りで、あの熊本地震にも耐えたという。

平成の大規模修復後は玉三郎はじめ数々の有名歌舞伎俳優たちが舞台に立ち、芝居小屋として現役で活躍している。新たな決意とはいかぬまでも、一度は不要と言われながら、華麗に現代に蘇ったその艶美な芝居小屋は、俳優として仕事を失った今の自分と重なるような気がして、胸に来るものはあった。それを狙って咲がこの場所を選んだのかはわからないけれど。

職員からの施設説明シーンを撮り終えた後は、ナレーションが重なる素材撮りを行う。梨枝が資料を眺めて過去の歴史に思いを馳せるシーン、客席に座って物思いにふけるシーン、舞台に立ち新たな決意を胸にするシーンなど情緒的なそれっぽい素材を一通り撮影し、八千代座を後にした。

続いて向かったのは、阿蘇の大観峰(だいかんぼう)である。熊本が誇る阿蘇北外輪山の最高峰で、天気さえ良ければ、阿蘇カルデラや阿蘇五岳が一望できる人気絶景スポットだ。

が、その日はあいにく一面が雲と霧に覆われていて、眼下の風景は田んぼと民家がうっすら確認できるだけだった。

「なんも見えんな」

目を凝らしながら、拓郎が言う。

「ここでなにすんの？」

咲に訊いたつもりだったが返事がない。振り返ると、当人はせっせとドローンのセッティングに勤しんでいた。

「おお、ドローンってやつか！」

拓郎は少年のように目を輝かせているが、梨枝には全体像がまるで見えてこない。

「それ、飛ばすの？」

「はい」

「なんのために？」

「広大な阿蘇の大地とちっぽけな人間の対比を映し出すことで、映像にスケール感を出したいんです」

咲は昨夜、どんなドキュメンタリーを観たのだろうか。確かにここ最近の番組はやたらとドローンを飛ばしているが。

「スケール感って、ほぼ霧だけど」

「……いちおう、飛ばすだけ飛ばします。せっかく持ってきたので」

単に飛ばしてみたいだけじゃない？　とは言わずに、根気よく咲の準備を待った。

たどたどしい手つきで咲がドローンを操縦する。小型の黒い無人機が、ふわりと地面から浮き上がった。拓郎が「おお！」と興奮気味の声をあげる。

ドローンの語源は雄ミツバチだと聞いたことがある。飛行音と羽音が似ているという理由かららしい。そうして見ると、なんだか生き物みたいで愛らしい。

三人が見守るなか、複数のプロペラを回転させながら順調に上昇を続けていたドローンが、ふいに風に煽られて大きく旋回した。

「えっ」

あれよという間に、真っ逆さまに落ちていく。似ているのは音だけで帰巣本能はないらしく、ドローンはそのまま霧の中に消えてしまった。咲も慌ててドローンを追いかけ霧の中に飛び込んでいく。

しばらく待っていると、ぐったりと動かなくなったドローンを手に戻ってきた。

アクシデントとハプニングはロケにつきもの、現場では臨機応変がモノを言う。

しばらく無言でドローンをいじっていた咲であったが、修復が不可能と察するや、すぐに立ち直り、次なるロケ地の菊池渓谷に向かった。風光明媚な景勝地であるが、渓流の石がゴロゴロしている川辺を歩かされる梨枝はたまったものではない。

事前に咲からは歩きやすい靴で来るよう連絡が来ていたが、それを聞き入れると彼女に負けたことになるような気がして、無視した。梨枝は梨枝のスタイルを貫きたかった。

最後は玉名(たまな)市の立願寺公園で足湯に浸かり、酷使した足も多少癒された。足湯の近くのベンチで、咲が今日の撮れ高を確認する。敷地内の広場では、数名の少年たちがサッカーに興じていた。

「お〜、なんか街ブラ番組みたいやな」

立ったままカメラを覗き込んでいた拓郎が言った。もちろん悪気はなく、VTRを観た率直な感想だ。しかし、拓郎の目イコール視聴者の目でもある。

「これ、大丈夫ですか？」

梨枝の遠回しの嫌みに、すぐさま咲が反応した。

「どういう意味ですか？」

「そのままの意味ですけど」

街ブラと自分探しの旅では、趣旨がまるで違う。

「全然大丈夫ですけど」

「私たち街ブラ番組撮影するために来たんでしたっけ？」

「違いますよ」

「だったら、このままじゃマズイんじゃないですか？」

「ディレクターは私なので。マズイかどうかは私が判断します」

咲はあからさまにムッとして、ハンディカメラの液晶画面を閉じて立ち上がった。

「でも私のドキュメンタリーなので。変なものにされても困るんですけど」

梨枝も仏頂面で応酬する。

「だから！」

咲が振り返り、梨枝と顔を突き合わせて睨み合う。その時、咲の後方からなにかが飛んできた。梨枝はとっさに身を縮めたが、咲は気づかない。

「痛っ！」

咲の後頭部を直撃した飛来物は、広場で少年たちが遊んでいたサッカーボールだった。

バウンドして転がっていくボールを、咲が涙目で睨みつける。

「瀬野さん！　大丈夫ね！」

拓郎が声をかけるも、咲は無言でサッカーボールに歩み寄った。

遠くから「すみませ〜ん」と少年たちの声。普段なら笑顔で応じる場面だったろうが、今の咲は、梨枝との諍いで虫の居所が悪かったようだ。

咲は、親の仇でも見つけたような形相で、ボールの前に立った。狙いを定め、渾身の力を込めて足を蹴り出したはいいが、無情にもその足はボールをかすめて空を切った。勢い余って小さな体が地面に転がり、少年たちがどっと笑い声をあげる。

拓郎がボールを蹴り返し、地面にへたり込んでいる咲に、「大丈夫ね、瀬野さん」と手を差し出した。

が、咲はなぜか顔をゆがめ、左の足首を押さえたまま動かない。

「……瀬野さん？」

すっ転んだ拍子に、咲は軸足を捻挫してしまったみたいだ。やはり怒りに任せて行動するとロクなことがない――ということを梨枝は肝に銘じたのだった。

まさか、こんな形でここに来る羽目になろうとは――。

梨枝は拓郎と一緒に、捻挫した咲を連れて荒尾中央病院にやってきた。

梨枝と拓郎に肩を借り、片足を引きずりながら歩く咲は、ロビーにいる患者の注目を否応なく集めてしまう。帽子とサングラスはつけているが、うっかりマスクを忘れてしまった。

「もういい？　私、外で待ってる」

視線に耐えられなくなって、梨枝は言った。

「あ、ちょっと」

すがろうとする咲から強引に身を剝がし、今入ってきたばかりの玄関口へと向かう。

悪い予感はこの病院の敷地に入った時からずっとしていた。最初から車で待っていればよかったが後悔先に立たず。梨枝が歩みを速めたその時、知った顔が院内に入ってきた。目が合い、足を止める。

「梨枝姉……」

勇治が困惑の表情を浮かべた。梨枝の頭の中で危険信号が激しく点滅する。

案の定、勇治のすぐ後ろから、母子連れが手をつないでやってきた。

万事休す——。

「梨枝？」

母親のほうが、梨枝の顔を認めるやいなや声をあげた。四つ年上の姉、真希である。

かたわらのツインテールの女の子は、姉の娘、つまり梨枝の姪だろう。当然、存在は知っていたが、顔を合わせるのは初めてだ。しかし、今は悠長に挨拶を交わしている場合ではない。

少し離れたところから、咲と拓郎が何事かと見ている。梨枝はくるっと体を反転させ、競歩の速度で逃走した。

「えっ。千花、お祖父ちゃんのとこ行ってなさい！」

真希が娘に命じ、鬼の形相で梨枝を追ってくる。

とりあえず出口だ。梨枝は猛追してくる真希を振り切り、病院の裏口に辿り着いた。

自動ドアの前に立つ。開かない。センサーが壊れているのだろうか。マットを何度も踏んづけてみるが変化なし。病院では、老人の徘徊防止のために鍵をかけているのかもしれない。

いや、そんなこと考えている場合じゃない。ほかに出口は――。

「梨枝！」

切れ味の鋭い声が背中に飛んできた。

ほかに逃げ場はない。是非に及ばず。まさかこんなところで本能寺の信長の心中を察することになるとは。

梨枝はサングラスを取り、にっこり笑って振り返った。

「あ、お姉ちゃん、久しぶり～」

努めて明るく言ってみる。もしかしたら、極めて友好的な再会になるかも。

「久しぶりじゃなかやろもん！　さんざん連絡したとに返信もせんで！　いつ帰ってきたんね！」

通用しなかった。外見は十年分歳をとったが、舌鋒のほうは健在だ。

「えっと……二日前、かな」

「はあ？　二日間、なんばしよったんね！」

「いや、ちょっといろいろ……」

もごもごと言葉を濁す。

「いろいろってなんね！」

梨枝が答えるたび、火に油を注ぐがごとく真希の怒りが増幅していく。

そこへ、勇治が心配そうにやってきた。

「まぁ、真希姉。そんくらいに。病院やけん……」

なだめるような口調にピンときたのだろう。

「もしかして、あんた、知っとっと？」

真希の怒りが勇治に飛び火する。

「え？」

「梨枝が帰ってきとること知っとったとねって」

「あ〜、いや……」

答えに窮して伏し目になる勇治。そんな弟を見据える真希の顔が、どんどん般若の面のようになっていく。さすがに知らんぷりはできず、梨枝は口を挟んだ。

「私が黙っててって言ったの……」

「は？　なんで？　なんが目的で帰ってきたんね、あんた？」

「目的って……それは、もちろんお父さんに会うために」

「じゃあ、なんですぐ来んとね！」

「ちょっと心の準備が……」

「だいたいお父さんが倒れた時に帰ってこんのがおかしかとよ！」

「だから、あの時は仕事で……」

我ながら歯切れの悪い言い訳ばかり。真希が堪忍袋の緒を切らしても不思議ではなかった。

「不倫するとが仕事？」

姉の辛辣な物言いには慣れっこだ。しかし、言っていいことと悪いことがある。

「……は？」

梨枝は真希に歩み寄り、うっすらしわの浮いた顔を睨みつけた。間近で見ると否応なく十年という月日の移ろいを痛感する。

真希も引かずに真っ向から睨み返してくる。彼女も同じことを感じているのだろうか。

「もう二人とも……」

見かねた勇治が仲裁に入ろうとしたが、

「黙ってなさい、あんたは！」「黙っときんしゃい、あんたは！」

梨枝と真希が口を揃えて一喝する。

まだ高校生の末弟に、ヒートアップした姉妹戦争を収拾することは到底不可能だ。

「どうかされましたか？」

たまたま通りかかった看護師が声をかけてきた。

「あ、いえ……」

真希の気が逸れた。チャンス。姉との不毛な言い合いはもうたくさんだ。

梨枝は素早く真希の脇をすり抜け、脱兎(だっと)のごとく駆けだした。

「梨枝！」

真希が後を追おうとする。

「院内は走らないでください！」

「あ、すいません……」

真希が看護師に止められている間に、梨枝は靴音を響かせて一目散にその場から走り去った。

咲と拓郎が廊下の角に隠れて一部始終を見ていたことには、気づかなかった。

6

母の枝美子が亡くなったのは、梨枝が十二歳の時だった。

真希は十六歳、勇治はまだたったの二歳。母の顔も温もりもたぶん記憶にないだろう。

枝美子の死後、母親の役割のほとんどを真希が引き受けた。高校に通いながら家事全般を一人で担うのは、想像以上に大変だったと思う。

それでも、真希が梨枝に家事を分担させることはなかった。最初は感謝の気持ちでそんな姉の姿を見ていた梨枝も、いつしかこう考えるようになった。お姉ちゃんは、毎日一人であくせく働く自分に酔っているのだと――。

思春期の憂鬱（ゆううつ）と反抗期の苛立ちが、園田家の母親的存在だった真希に向けられたのかもしれない。

「どうせお姉ちゃんは、自分の手が届く世界でしか生きられん人やろ」

いつだったか、姉妹喧嘩(げんか)の際に梨枝が真希に投げつけた言葉。それまで舌鋒鋭く梨枝をやり込めていた真希が、突然黙り込んでその場を去っていったのを覚えている。

家を出て東京に移り住んでからも、真希からはたびたび連絡がきた。

――住所が決まったら教えなさい。

――変なバイトはせんように。

――ちゃんと生活できよるとね？

――こないだドラマであんたば見たよ。

――会社の同僚にサインを頼まれたので、三枚ほど色紙に書いて送ってもらえませんか？

――六月六日に結婚します。帰る日が決まったら連絡ください。

めったに返信することはなかったが、サインを頼まれた時だけは必ず応じた。今まで梨枝に頼み事をすることなどなかった真希が、どういう気持ちでこのメッセージを送ってきたのか、想像するだけで気分がよかった。

けれど、真希の結婚式には行かなかった。ドラマの撮影と重なっていたからだ。マネージャーに伝えれば休みにしてもらえたかもしれないが、あえて言わなかった。

それ以来、真希からの連絡はぷっつり途絶えた。

　そして、数年ぶりに姉から届いたメッセージ。

――お父さんが倒れました。もう長くないそうです。帰って来れませんか？

返信しなかった。真希からは逐一、康夫の病状を伝えるメッセージが送られてきたけれど、やはり返信しなかった。

　なんと返信していいのか、わからなかった。


「梨枝姉」

病院の外に出たところで呼び止められた。勇治が小走りにやってくる。真希の姿はない。父の病室に行ったのだろう。呆れて追いかけてくる気が失せたのか。あるいは勇治がうまく説き伏せてくれたのか。

「なんで親父の顔見ていかんと？」

勇治は口をへの字に曲げ、眉を寄せた。困った時に見せる表情は、昔と変わらない。

「いや、ま、さすがに十年会ってないと……正直、なに話していいかわかんない」

「そうかもしれんけど……」

「てか……まだ根に持ってんの？」

「え？」

「お姉ちゃん……私が結婚式に出なかったこと」

「それはさすがに……梨枝姉、仕事やったんやし」

言いにくそうに、勇治はうつむく。

「その理屈が通用する人じゃないじゃん。自分の手が届く世界でしか生きてこなかった人だから」

姉妹喧嘩の時と同じセリフを口にする。別に姉を見下しているわけじゃない。ただ、そういう生き方を選ばなかった自分を正当化したかった。

「ばってん、それでも。真希姉がずっと俺の母親がわりやったけん。今の俺があるんも真希姉のおかげっちゅうか……」

勇治は梨枝と真希のどちらも傷つけないよう、慎重に言葉を選んでいるようだ。

成長した弟の姿を目の当たりにして、梨枝にも人並みに姉としての感慨が込み上げてくる。

「やっぱあんた、ちょっと見ない間にいい男に育ったね」

「……ちょっとではないやろ」

勇治にしては珍しくシビアな口調だ。

確かに、十年はちょっとではない。梨枝の記憶の勇治は八歳のガキんちょだったが、目の前にいるのは十八歳の青年。選挙にも行けるし、その気になれば結婚もできる大人の男だ。

「モテるでしょ」

「は？　なんば言いよるん」

心なしか顔が赤くなった。梨枝は思わずニヤッとする。

「彼女は？」

可愛い弟をいじめたくなる姉の習性が梨枝の中にも残っているようだ。

「いや……」

「まさか童貞？」

勇治が真っ赤になった。

「え、ホントに童貞⁉」

「声でかいて！」

通りかかった人が振り返った。勇治は耳まで赤くなっている。

思わず梨枝は噴きだした。勇治は困惑した顔をしているが、笑いが止まらない。

ふと気づく。帰省してから舌打ちすることばかりで、ちゃんと笑ったのは、これが初めてだった。

拓郎のタクシーに寄りかかって待つこと十数分。咲のスニーカーの片方を手にした拓郎と一緒に、咲が松葉杖をつきながらやってきた。

「お待たせしました」

さすがに申し訳なさそうに頭を下げる。松葉杖をついた彼女の左足には、包帯と黒いサンダル。

たった一人のスタッフがこれでは撮影の再開は難しそうだ……梨枝の口からため息が漏れる。

「じゃあ、再開しますか」

何事もなかったかのように、咲が言った。

「いやいや」

「大丈夫です大丈夫です」

「どう見ても大丈夫じゃないでしょ」

咲とはなにかと気が合わないが、根性だけは感服に値する。

「私、ノロウイルスに感染した時も仕事休まなかったので」

「それ、ただの迷惑だから」

梨枝がぴしりと言うと、咲はバツが悪そうに口を閉じた。

「ま、じゃあ、今日は飲みにでも行くか⁉」

気分転換とばかりに拓郎が朗らかに言った。

「懇親会たい、懇親会！　チームの結束ば深めるための！」

「いや、でも予算ないんで」と咲。

「俺がおごっちゃるけん！」

もはや驚きもしないが、お人好し発言のあと、拓郎はいそいそとどこかへ電話をかけ始めた。

「あ、おばちゃん？　俺、さるたく！　今から三人入れるね？」

梨枝はもう一度ため息をつき、さっさとタクシーに乗り込んだ。

拓郎が二人を連れてきたのは、県道314号線沿いにある居酒屋だった。

「え……ここ？」

店の前で梨枝は目を見張った。

小さな古民家風の佇まいは、十年前となんら変わっていない。

梨枝が二の足を踏んでいるうちに、拓郎は「おいーっす」と暖簾(のれん)をくぐった。店の中から、「あ、いらっしゃーい」とコロコロ転がるような女将の明るい声がする。

「どうしたんですか？」

咲がけげんな顔で梨枝を振り返った。

「いや、別に……」

咲が慣れない様子で松葉杖をつきながら店内に入っていく。

梨枝は仕方なく店の前でサングラスをかけ、咲に続いて中に足を踏み入れた。カウンターは五席、奥の座敷席には四人掛けのテーブルが四台。店内の様子も昔のままだ。

拓郎が小上がりから、こっちこっちと手招きしている。

梨枝はうつむき加減になってカウンター席の後ろの狭い通路を通って進み、急いで靴を脱ぐと、奥のテーブルの一番奥に陣取った。

梨枝の隣に咲、対面に拓郎が腰を下ろす。

幸いカウンターに二人連れの男性客がいるだけで、ほかに客はいなかった。

「めずらしかね〜。さるたくが女の子ば連れてくるて」

女将の軽口に、拓郎はハハハと明るく笑う。

「俺、コーラ。二人は飲んでよかぞ」

ちゃんと梨枝と咲を送り届けてくれるつもりらしい。

「あー、私はお茶で」と咲。

「私も」

最小限の言葉と最大限に小さな裏声で梨枝も答える。

「てか、なんやそんサングラス？」

「ああ、うん、まあ」

適当な返事でごまかしていると、女将がおしぼりを持ってきた。

「はい、どうぞ」

さりげなく顔を伏せたが、女将は「あら？」と梨枝の顔を覗き込んだ。

「なんね、梨枝ちゃんやんね」

女将は嬉しそうな笑顔になった。

「なんや、ここ、知り合い？」

拓郎が二人を交互に指さす。梨枝は観念してサングラスを外した。

「……お久しぶりです」

帽子も取って、気まずいながらも会釈する。

そんな梨枝に、女将は優しく「おかえり」と微笑んだ。

＊

炎症を起こしたのか、咲の捻挫した足がズキズキしてきた。女将が気を利かせて投げ出した左足の下に丸めた座布団を敷いてくれたが、ちょっと動くたびに痛みが走る。酷(ひど)い時は、骨折よりもタチが悪いのだとか。食後に病院でもらった痛み止めを飲まないと……。

時間を巻き戻して、サッカーボールに八つ当たりしようとした自分を怒鳴りつけてやりたい。

咲が後悔に苛まれていると、女将が小ぶりの唐揚げがのっている皿を運んできた。

「はい、イソギンチャクの唐揚げ」

「イソギンチャク?」

念のために確認する。

「そうそう」と拓郎。地元では、ワケノシンノス、というらしい。なんでも、若者の尻の穴を意味するのだとか。

「イソギンチャクって食べれるんですか?」

「酒のアテには最高っすよ」

そう言って、拓郎はちょっと残念そうに唐揚げを口に放り込んだ。

「はじめて見ました。郷土料理なんですか？」

旺盛な好奇心は、テレビマンの性だ。

「ですかね？　ま、俺はこん店でしか食べたことないばってん」

梨枝も一つ食べて、ふっと表情を和ませた。

「ああ、なんか懐かしい。こんな味だったね」

「ま、食べてみてくださいよ」

拓郎に勧められ、咲はこわごわ口に運んでみた。

「……なるほど。独特ですね」

正直美味とまでは言えないが、コリコリプチプチの食感は病みつきになりそうな気がしなくもない。

「でしょ？　でも癖になるんすよ、これが。おばちゃん、コーラおかわり」

酒を飲む時は運転代行サービスを呼ぶという。交通手段の発達している東京生まれの咲にはあまりなじみがないが、マイカー移動が基本の田舎では普通のことらしい。

咲が二個目のイソギンチャクに手を伸ばした時、スマホが鳴った。田所から電話だ。

「ちょっとすみません」

苦労して席を立ち、店の外に出てから応答する。

「もしもし」

「おつ〜、電話したか〜？」

「あ、はい」

テンションが高い。電話の向こうも騒がしい。どこかで飲んでいるようだ。

「どうした〜？」

「いや、あの、それが」

咲は口ごもった。左足の痛々しい包帯に目を落とす。

「なんだよ」

撮影中にすっ転んで怪我をしたなんて言えば、使えないヤツと思われて、ドラマ部に推薦してくれるという話もおじゃんになってしまうかもしれない。

怪我をしたことは伏せておくことにした。

「あ、いや、あの……安藤さん、芝居が下手というか、無駄にクサイというか、なんかしっくりこなくて」

「それはもう仕方ねーだろ」

田所が笑う。承知の上だということか。

「あと実は、安藤さんのお父さんが入院中らしく」

「えぇ？」

「詳しくはわからないんですが、どうやらあんまりいい状況でもないみたいで……」

こっそり盗み聞きしたとは言わなかった。梨枝が家族と鉢合わせする現場に居合わせ、たまたま耳にしたのだと話す。

「いいじゃん。それを撮ってくれば？」

田所の言葉の意味が飲み込めなかった。

「……それって？」

「だから、その親父さんとの関係性にフォーカスして映像撮ってきたらいいじゃんってことだよ。安藤梨花、知られざる親子の絆！　的な感じで」

「いや、でも、なんかあんまり仲がいいわけでもないみたいで」

「なおのこといいじゃねーか。安藤梨花、知られざる親子の確執と絆！　こっちのほうが引きになるじゃん」

また田所が笑った。続いて、「これおかわり〜」と注文する声。

「でも、そもそも安藤さんがそれに乗るか……」

「それを乗せるのがおまえの仕事だろ」

「でも……」

「でもが多いなおまえ」

田所の声に不機嫌な色が混じった。咲が黙り込んでいると、

「てか、もう、黙って撮っちゃえば？」

「はい？」

「芝居下手なんだろ？　なら生のリアクション押さえるしかねーじゃん。どっかにカメラ仕込んじゃえよ」

「盗撮しろってことですか？」

「よくやってんだろ、そんくらい」

「バラエティーじゃないんですから、これ。だいたい、そんなもの放送できるんですか？」

「そんなこと撮ってから考えろよ。おまえの悪いとこだぞ。そういう七十点のもの目指そうとするとこ。そんなんだから同期に差つけられるんじゃねーの？　そろそろ危機感持ってやんねーとさ」

酔いに任せて、ズバズバと痛いところを突いてくる。

咲はひと言も反論できない。田所に言われるまでもなく、自分のことは自分が十分わかっている。

「ま、なんかあった時のケツは拭いてやるから、ガンガン攻めてこい！」

飲んでいる時の田所はいつも調子のいいことを言う。次の日確認するとそんなこと言ったっけ？　となるのがお決まりのパターンだ。

待ち合わせの知り合いでも現れたのか、「じゃあ頼むぞ」と一方的に電話を切られた。

店に戻ると、女将がテーブルに加わっていた。商売柄か、話し上手らしい女将の話に梨枝が笑っている。咲が彼女の笑顔を見たのは、これが初めてだ。

「あ、ねえ、瀬野さん！　おばちゃんに出てもらうってどがん？」

咲に気づいて拓郎が言った。

「ちょっと、あんた、なんば言いよっとね！」

女将が拓郎を小突く。

「よかやん！　なんか園田のエピソード話してばい！」

「無理無理〜、恥ずかしか〜」

両手で頬を包み、女将はカウンターの内側に戻っていった。

「面白いと思うばってんな〜。なぁ、園田？」

「どうだろう」

言いながら微笑む梨枝の素の笑顔を見た瞬間、咲は閃いた。

「むしろお友達に出てもらえたりできませんか？　安藤さんの女友達に！」

すぐに「ナイスアイディア！」と拓郎が反応するかと思いきや、予想に反して二人とも黙り込んでいる。

「どうですか？」

「いや〜、それは……」

拓郎の目が泳いだ。

「いないよ、そんなの」

歯切れの悪い拓郎に代わり、梨枝が吐き出すように言った。

「嫌われてたからね」

それ以上の質問を許さない、シンプルかつ明快な回答。さもありなん。危うく「なるほど」と言いかけて、咲は言葉を飲んだ。

数十秒前までの和気藹々とした空気は一変し、気まずい沈黙が漂う。

その時、店のドアが開き、バンダナ代わりの手拭いを頭に巻いた男が入ってきた。

眉のキリッとした、なかなかのイケメンである。

「おお、橋本（はしもと）！」

拓郎が男に手を振る。

「おお、さるたく」

男の視線が奥の梨枝に移り、驚いたような表情になった。

「え……園田？」

久しぶり、と梨枝が気まずそうな笑顔で答える。

どうやら、三人は知り合いのようだ。拓郎が男に手招きする。

拓郎が奥に詰め、橋本がその隣に座った。雰囲気が好転し、咲はホッとした。

「帰ってきとったんか？」

「うん……」

橋本と梨枝の間に流れる空気に、咲は少し違和感を覚えた。ただの懐かしさだけではないような……。

「あ、そうだ！　あんた出らんね！」

頼んでもいないジョッキの生ビールを運んできた女将が、橋本の前に置いた。

「は？」

「あ、こいつ俺らの同級生の橋本」

「で、うちの息子」

拓郎と女将の紹介をもとに、咲の頭の中で相関図が完成する。

「ああ。どうも、瀬野です」

「どうも……え、なんの話？」

状況を飲み込めない橋本に、女将が説明する。

「梨枝ちゃんの密着ドキュメンタリーば撮りよらすってたい」

へぇ〜と言いながら、橋本はまじまじと梨枝を見やった。梨枝はちょっと気恥ずかしそうにしている。拓郎に対するのとは、明らかに態度が違う。

「あんたいろいろエピソード持っとろうもん、付き合いよったたんやけん」

女将の暴露で咲の相関図に新たな情報が加わる。やっぱり、梨枝と橋本は恋人同士だったのだ。

「いや、ま、その話は……」

梨枝は柄にもなく照れている。

こんな美味しいネタをうやむやにしてなるものかと、すかさず咲は口を挟んだ。

「いいですね、元カレ登場はベタですが引きになります」

「いやいや、やめてよ」

梨枝は拒んだが、咲は構わず橋本に訊いてみる。

「ちなみに、なにかエピソードとかあります？」

「え〜なんかあったかな〜」

元カレのほうは満更でもない様子。

「いや、あんたも考えなくていいって」と梨枝。

「あ〜、あれとかは？　おまえば夜、家まで送ってった時、親父さんが外で待っとらした話」

「なんね、それ？　怒られたんね？」

最初は立ち話をしていた女将が、いつの間にか座敷の端に座って話に加わっている。

「いや、それがなにも言わずにタバコ吸いよらすだけなんよ。で、こいつもなにも言わずに家入っていくし……正直、怒られるより、怖かったわ、あれ」

「あったっけ……そんなこと？」

「覚えとらんや？」

学生服姿の美男美女を想像すると絵面はいいのだが、

「ばってん、ちょっと弱かね〜エピソードが」

カウンターの客に呼ばれた女将が、咲の気持ちを代弁して戻っていく。

「なんやそれ。なに目線？」

　橋本が顔をしかめた。梨枝が声を立てて笑う。カメラを向けている時以外はずっと眉間にしわを寄せていたのに、この店に来てから表情が明るい。

「てかちょっと、待って」

　しばらく黙っていた拓郎が、おもむろに口を開いた。

「……おまえらって付き合っとったん？」

「え、そこ？」

　苦笑する梨枝。

「言っとらんかったっけ？」

　首をかしげる橋本に、「うん、聞いてない」と拓郎がぎこちない笑顔で返す。

「ま、でも中学の時だしね」

「まあな」

　梨枝と橋本は顔を見合わせたあと、二人して笑った。ドラマなら、完全に焼けぼっくいに火が付くパターンだ。

　そんな二人の様子を見ていた拓郎が、残っていたコーラを一気に飲み干して叫んだ。

「おばちゃん、焼酎ロック！」

この土地の住民は実にわかりやすい——ということを、咲は学んだ。

＊

拓郎が焼酎のロックを五杯ほどあおって潰れたところで、会はお開きになった。

橋本が肩を貸して、拓郎を店の外に連れ出す。

「大丈夫か、おまえ」

「大丈夫大丈夫……ぅ」

言ったそばから、拓郎は植え込みに戻し始めた。

「おいおい、勘弁してくれよ」

橋本が「代行呼んでくるわ」と言いながら店内に戻っていく。

「なにやってんの、あんた」

梨枝は呆れた。あまり強くもないみたいなのに、無茶な飲み方をするからだ。

「大丈夫大丈夫」と言いつつ、またリバース。

そんな拓郎に松葉杖をついた咲が苦々しい視線を寄せている。足を捻挫したディレクターと二日酔いの運転手。明日の撮影が困難を極めることは想像に難くない。

「もう明日は無理だね」

ため息まじりに梨枝は言った。

「いや、ホントに大丈夫やけん」

「二日酔いで運転されても、こっちが困るから」

チームの結束を固めるための懇親会などと勝手に仕切っておきながら、言い出しっぺがこれでは話にならない。

「……すみません」

拓郎はしゅんとして道端に座り込んでいる。

言い過ぎたかも——梨枝はちょっと反省した。無償で協力してもらっているこちらが文句を言う筋合いはない。

「あの、たとえばなんですけど……」

咲が言いかけて、逡巡するように口ごもった。

「なに？」

「ご家族に出てもらうとかできないですか？」

「は？」

「さっき、お父さんとの話を聞いて思ったんです。本当はこれ、安藤さんのルーツを辿って原点回帰する旅なんじゃないかって」

落ち込んでいるふうだった咲の目が、輝きを取り戻している。

「そういうのは無理って最初に言ってると思うけど」

事務所を通じて、家族の出演はNGだと事前に伝えていたはずだ。

「だからこそです！　だからこそ、そういう部分に迫れば安藤さんの新しい扉が開くと思うんです！　その新たな一面を世間の人々に見てもらうんですよ！」

引くどころか、咲は前のめりになって力説する。

「そんなこと、急に言われても」

「てか、もはや、それしかないっていうか……」

「どういうこと？」

「正直、引きのある画が全然、撮れてません」

――それって私のせい？　梨枝はムッとした。

「私は言われたとおりやってんじゃん。それはディレクターの責任じゃないの？」

一瞬、咲の表情にも苛立ちが滲む。が、小さく深呼吸すると、梨枝をまっすぐに見て言った。

「この際だからはっきり言いますけど、安藤さん、芝居そんなに上手くないですよね」

「は？」

梨枝の顔色が変わる。この生意気なディレクターには、オブラートどころか分厚い毛布が必要だ。

「ま、でも顔がいいから今まではなんとかなったと思いますけど、大事な時期ですよね？　なのに、あんなこと……」

「私やってないから！」

思わず叫ぶ。

「いいんですか、このままで。女優として、このまま終わっていいんですか？」

「いいわけないでしょ！」

「じゃあ、なりふり構ってる場合じゃないでしょ！　なにカッコつけてるんですか！けっきょく自分をさらけ出すのがイヤなだけなんじゃないですか！」

「あんただってヤラセばっかじゃん！　偉そうなこと言うまえに、もっと私の魅力引き出しなさいよ！」

店の前で怒鳴り合う。時間は夜の十時を回っていた。近くに民家がなかったのがせめてもの救いだったが、これ以上はまずいと朦朧（もうろう）とする意識の中で思ったのだろう。二人を仲裁しようと、拓郎がフラフラと立ち上がった。

「とりあえず、いったん落ち着こう、二人とも。あれやな、コーヒー買ってくるわ……」

「いや、もういいから、あんたは……」

梨枝も頭痛がしてきた。早く帰って、睡眠薬でも飲んで夢も見ずに眠りたい。

「わかってます。私も本当はこういうやり方好きじゃありません」

咲は梨枝との対話を続ける気のようだ。

「でも、私たちの仕事ってそういう仕事じゃないですか。使えるものはなんでも使う。プライベートだろうが、身内だろうが。それがプロだと、私は思ってます」

うつむいて滔々と話す。それは、自分に言い聞かせているようでもあった。

一日中カメラを担いで走り回り、よれよれに汚れてしまった服。そして捻挫したサンダル履きの足が、その言葉に説得力を与えていた。

咲の言い分もわからなくはない。業界でのキャリアは、彼女より長いのだ。

だが、梨枝にはできない。

「……でも、家族を出すのは無理。そもそも私、この撮影のことすら家族に言ってないから」

咲の目を見ずに言う。

「……そうですか」

納得したのかどうかわからないが、抑揚のない声で咲は答えた。

7

翌日、咲は朝の八時に目を覚ました。

自分の怪我のせいで撮影が中断したという負い目を背負いたくなかったから、咲は頑なに撮影敢行を主張したが、梨枝も頑なに首を縦に振らなかった。

押し問答の末、「私もちょっと疲れたから休みたい」と梨枝が言いだし、それならと咲も応じて、今日の撮影は中止になった。梨枝が咲の顔を立ててくれたのかもしれない。チラッとそう思ったが、まさかあの性悪女優が、と打ち消す。

久しぶりに昼過ぎまで寝ているつもりだったが、どうしても寝ていられなかった。

昨夜の田所の言葉が、頭の中でリフレインしている。

仕方なくベッドから起き上がった。体が鉛のように重い。

顔を洗って着替えると、局の撮影機材を手当たり次第に詰め込んできたボストンバッグを開けた。ゴープロを探す。簡単に言えば小型カメラのことで、バラエティーなどでバンジージャンプをする芸人の頭に取り付けられているカメラと言えばわかりやすいだろうか。

ゴープロは、ボストンバッグの底から剝き出しの状態で見つかった。撮影機材としてはなかなかに雑な扱いである。念のため電源を入れてみると起動した。動作に問題はなさそうだ。

続いて、部屋に置いてあったティッシュケースを手に取り、側面を丁寧に開封した。そこからティッシュペーパーをすべて抜き取って、代わりにゴープロを中に収納し、側面をレンズの形にカッターで切り抜いた。手慣れたものである。

ゴープロを両面テープで固定し、その上にティッシュペーパーを戻す。開封した側面を糊付けてして蓋をすれば、隠しカメラの完成だ。

作業時間は約十五分。テレビ局に入社して五年、何個これを作らされたことか。

出来上がったところで、これをどうするつもりなのかと咲は自問した。

——やれることは考える前にやれ。

新人の頃から田所に言われ続けてきた言葉が、しつこく頭に響いている。

ティッシュケース型隠しカメラをリュックに入れ、咲は部屋を出た。

松葉杖での移動にも慣れてきたので、経費削減を考え、病院まではバス移動することにした。

ラブホテルの受付のおばさんに最寄りのバス停を尋ねると、病院までの行き方を丁寧に教えてくれた。ラブホテルに連泊する女の子が珍しいからか、あるいは松葉杖に同情してか、のど飴までくれるホスピタリティの良さ。

四十分ほどかけてバスを乗り継ぎ、病院近くのバス停に到着。なるべく考える隙を与えないよう、病院の入り口を入るとまっすぐ受付に向かう。

「園田さんの病室はどこですか?」

「園田康夫さんですか?」

梨枝の父親は、康夫という名前らしい。

エレベーターに乗り、受付で教えられた302号室の前に立つ。

深呼吸をしてドアに手をかけようとした時、まるで咲を待っていたかのようにドアが開いた。

ドアを開けた女性がびっくりして一歩後ずさる。梨枝の姉だ。たしか、真希という名前だった。

「あの……なにか?」

見知らぬ訪問者に、真希はけげんな顔を隠さない。

「あ、いや……すみません、間違えました」

とっさに嘘をつき、咲は松葉杖をつきながらその場をあとにした。

松葉杖のおかげで、入院患者と思ったのかもしれない。しばらくして振り返ると、真希はとくに咲を気にする様子もなく階段のほうに消えていった。

松葉杖を外し、片足を引きずりながら小走りで病室に戻った。そっと扉を開け、中に入る。病室は二十平米ほどの個室で、奥のベッドには、生体情報モニタに繋がれた康夫らしき男性が眠っていた。

咲は松葉杖を部屋の隅に立て掛けると、康夫に向かって手を合わせ心の中で謝罪した。大半は申し訳ない気持ちだが、自分の罪悪感を減らすためであることも否めない。

いつ真希が戻ってくるかわからない。急いでリュックからティッシュケースを取り出し、洗面台にさりげなく置いて角度を調整する。

その時、ふと視線を感じた。

ぎょっとして振り向くと、髪を二つ分けにした水色のワンピースの女の子が、トイレのドアの隙間からこちらを見ているではないか。

昨日、真希と一緒にいた女の子だ。たしか真希が千花と呼んでいた。

「こ、こんにちは……」

できるだけ平静を装って、咲は笑顔を作った。

「おばちゃん誰？」

警戒するように、賢そうな目でジッと咲を見る。いつでもトイレにこもれるよう、ドアを少ししか開けていない用心深さなど、状況が違えば褒めてやりたいくらいだ。

「え～と、おばちゃんは……」

「不審者？」

千花の手には、防犯ブザーが握られている。

「ち、違う違う違う！」

否定したものの、正真正銘の不審者だ。いや、なんなら犯罪者かも。

「よ……妖精！　おじいちゃんの病気を治しにきた妖精なのだ～」

口走ったあとに後悔する。危機管理能力に長けた今どきの子が、こんな嘘に騙されてくれるわけがない。

千花は黙ったまま、しばし曇りのない眼で咲を見つめ、やがて言った。

「おじいちゃん、もう治らんばい」

「え？」

「ママがパパに言いよった」

　咲は絶句した。良くはなさそうだと思っていたが、そこまで容体が悪かったとは……なんと返事をしていいかわからずにいると、ふいにドアをノックする音がした。

――まずい！　看護師だか見舞客だかわからないが、この状況を乗り切れる気がしない。ほかに隠れ場所が見つからず、咲は慌ててベッドの向こう側に屈み込んだ。

「なんばしよっと？」

　千花が不思議そうに訊いてくる。

「私は大人の人に見られると消えちゃうの！　だからシー！」

　千花はきょとんとしている。自分でもなにを言っているのかわからない。

　もう一度ノックの音。咲はさらに体を小さく屈めた。小柄だったことを、こんなにありがたく思ったことはない。

　千花が入り口まで行き、ドアを開ける。

　誰だろう――ベッドの陰からそっと盗み見た咲は、ヒッと息を呑んだ。

　梨枝である。千花と面と向かい合った梨枝は一瞬、怯(ひる)んだような表情を浮かべたが、すぐに笑顔を作った。

「こ、こんにちは……」

「こんにちは」

「えっと……ママいる？」

「お買い物」

「じゃ、じゃあ……おじいちゃんは？」

「寝とらす」

梨枝の質問に、千花はてきぱきと答える。

「そっか……」

「おばちゃん、昨日ママから逃げよった人？」

「え……あ、いや、逃げたというか……」

突然、千花が梨枝の手を握った。

「行こ」

「え？」

予測不可能な行動についていけず、梨枝は戸惑いの表情を浮かべている。

「妖精のおばちゃんが、大人に見られたら消えらすけん」

そう言って、千花は梨枝の手を引いて病室を出ていった。

彼女の純粋無垢な心は失われていなかったのか、はたまた、ひとまずこの場から離れることが最善の危機回避と判断したのか。いずれにせよ……助かった――全身から力が抜け、咲は小さく息を吐いた。

＊

意を決して父親の見舞いにきたのに、なぜか梨枝は姪っ子に病室から連れ出されてしまった。

自動販売機でオレンジジュースを買い、休憩スペースの長椅子に二人で腰を下ろす。ドラマで子役と絡むことはあるが、プライベートで小さな子供に接することがほとんどない梨枝にとって、話の糸口を見つけるのは至難の業だ。

「美味しい？」

とりあえず訊いてみた。

「普通」

「そう……」

今さらながら、姪の名前も知らないことに気づく。

「えっと……お名前は？」

「飯塚千花」

「千花ちゃんか……えっと、何歳？」

「五歳」

「へ～……」

会話が続かない。そもそも梨枝は小さい子供が苦手だ。感情のままに動く、好奇心のカタマリのような生物。いつか結婚することはあっても、子供を産む自分はまったく想像できない。生き物の根源的な欲求——自分の遺伝子を残したいという衝動が、梨枝にはまったくないのだ。自分にはなにかが欠落しているのではないかと考えた時期もあったが、考えたところでなんの生産性もないことを悟り、考えること自体やめてしまった。

「おばちゃん、ママと喧嘩しよっと？」

不意打ちの質問にドキリとする。

「……いや、喧嘩というか、コミュニケーション不足というか……」

「おじいちゃんとも喧嘩しよると？」

またストレートに訊かれる。

「そこは、ま、喧嘩してるかな……」

　ごまかすのが卑怯な気がして、正直に答えた。

「喧嘩したら仲直りせんとダメとばい。先にごめんなさいって言えばよかとよ」

　至極真っ当なアドバイスをされ、返す言葉もない。

「そうだね。でもそれが一番難しいのよねぇ……」

　千花にはなぜか、素直になれてしまう。姪だからだろうか。この子と自分に血の繋がりがあると考えると不思議な気持ちになる。

「なんで？　おばちゃんはおじいちゃんのこと好かんと？」

　超難問が来た。ここは大人の狡さで話を逸らす。

「千花ちゃんは？　おじいちゃん好き？」

「うん。一緒にジョイフルでパフェば食べるけん」

「それはママも一緒に行くの？」

　ううん、と千花はかぶりを振った。

「千花とおじいちゃんだけ」

「へ～、あのお父さんが孫とパフェ……」

　どんな顔してパフェなんか食べてるのやら。想像すると笑いそうになる。

「おじいちゃんはね、いつも紙ばちょきちょきしよらす」

「紙ばちょきちょき？」

「あ、でもね、それ、千花とおじいちゃんだけの内緒やけん、言っちゃダメばい」

隠居してから、趣味で切り絵でも始めたのか。想像するとあり得なくもない光景だ。

「ねえ。今、何時？」

千花が訊いてきた。

「え？　あ〜、もうすぐ五時かな」

「ごちそうさまでした」

千花は礼儀正しく言い、オレンジジュースのパックを梨枝のほうに差し出した。

受け取ると、まだ三分の一ほど残っている。

「もういいの？」

「千花、ピアノのお稽古やけん」

「へ〜、ピアノ習ってるんだね」

「うん。千花がね、ピアノ弾くとパパとママが喧嘩ばやめらすけん」

「え……」

「だけん、もっとピアノ上手になってね、プロのピアニストになると。そしたらパパとママずっと仲良しやろ？」

幼いなりに、一生懸命考えたのだろう。梨枝に子供はいないけれど、自分が子供だった頃は覚えている。なにに傷つき、なにが大事だったのか――。

子供が苦手な梨枝でも、無邪気に話す千花がいじらしく思えた。

「じゃあね、おばちゃん」

「千花ちゃん」

立ち上がって行こうとしていた千花を慌てて呼び止める。

「おばちゃんと会ったことも、ママには内緒にしてて」

「いいよ。千花、内緒得意やけん」

ニコッと笑って言うと、走り去っていく。その千花の背中に、在りし日の自分が重なった。

いくつの時だっただろうか、初めて女優になりたいと思ったのは――。

頭の奥底にしまっていた記憶がふいに湧き上がってくる。月日を経て色褪せながらも、その記憶はずっと澱のように沈んだままだったらしい。

母の遺影の傍らに置かれていた、あのボロボロになった花のメダルと同じように。

梨枝が小学二年生の時、学芸会の出し物として、クラスでピーター・パンの劇を披露することになった。主役はもちろんピーター・パン。準主役はヒロインのウェンディ、あとはティンカー・ベルとフック船長が人気のある役どころだった。
当時の梨枝は決して自己表現が得意なほうではなく、どちらかというと内気なタイプ。目立たない役がいいなあと思っていたら、公平を期すために配役をくじ引きで決めた結果、なんと主役の座を引き当ててしまった。

先生に配役を変えてほしいと訴えたが却下され、嫌々ながらも毎日稽古に励んだ。

そして学芸会当日。なるようになれと半ば吹っ切れた気持ちで舞台に臨んだのがよかったのか、劇は大好評だった。いわゆる、本番に強いタイプだったのかもしれない。

梨枝は「特別がんばったで賞」なるものを受賞し、教師の誰かの手作りと思われる花のメダルを授与された。

その日の帰り道、学芸会を観にきていた母の枝美子は、興奮してまくし立てた。

「上手やったよ、梨枝！　お母さん、あがん堂々とした梨枝ば初めて見たけん、感動したばい！　みんなも褒めよらしたよ！　すごかぁって！」

そう、あれはロケの初日に訪れた、有明海の海外沿いの道だ。

それまであまり褒められたことがなかった梨枝はどう反応していいのかわからず、黙って自分の靴先を見ながら歩いていた。

「梨枝は昔からちょっと変わっとるっていうか、普通の子とはなんか違うと思っとったばってん、もしかしたら女優さんの才能があるとかもしれんばい！　お父さんも来ればよかったとにね」

「お父さんは、別によか」

梨枝は喧嘩腰で言った。

「え、なんでね？」

枝美子はびっくりしたように立ち止まった。

「……だって、お父さんは私のこと好かんとやろ？」

梨枝も立ち止まり、うつむいてぼそぼそと答える。

「そんかことなかよ。なんでそう思うと？」

「私と話しよっても、いつもブスッとしとらすもん……」

「う～ん……お父さんは不器用な人やけん、あんまり笑うのが得意じゃなかとよ」

「でもこないだ、お姉ちゃんのこと褒めよらした……お姉ちゃんには優しかとに私にはいつも怒っとる……」

「でも今日の梨枝のお芝居観たら、梨枝のこと褒めてくれたと思うな～」

枝美子の声があんまり明るいので、梨枝は思わず顔を上げた。

「……ほんと？」

母の笑顔が嬉しくて、梨枝の胸に温かいものが広がった。

「……これ、あげる」

梨枝は首にかけていた花のメダルを取って、枝美子に差し出した。

「え？　なんでね？　せっかくもらったとに」

「……あげる」

この世の誰よりも、梨枝を愛してくれるひと。梨枝のためなら、命すら投げ出してくれるひと。母は梨枝が掛け値なしに信じられる、たった一人のひとだった。

「あ、じゃあお父さんにあげたら？」

夫と娘が歩み寄るきっかけになればと、枝美子は考えたに違いない。

けれど、梨枝はかぶりを振った。

「これはお母さんにあげる。お父さんには……大人になってからあげるけん」

「大人になってから？」

「女優さんなって……もっとおっきい賞ばもらってからあげる」

我ながら大胆な宣言だった。しかし、どういう思考を経てその言葉に至ったかは覚えていないが、その瞬間、確かにそう思ったのだ。

「うん、ほんと！」

「お〜、それは楽しみやね！」

「あ〜、信じとらんやろ」

枝美子も梨枝も、声をあげて笑った。

「じゃあ約束ね。女優さんになって、お父さんば、いっぱい笑顔にしてやって」

優しく微笑んで、枝美子が小指を差し出す。

有明海に沈む夕陽に照らされながら、梨枝は母と指切りをした。


実家に戻った梨枝の足は、自然と仏間に向かった。

微笑む母の遺影の前に腰を下ろし、褪せた花のメダルを手に取った。

この話を、康夫は枝美子から聞いただろうか。あの母のことだから話しているに違いない。でも、康夫が梨枝への態度を変えることはなかった。

つまり、梨枝が母と交わした約束など、康夫にとっては取るに足りない子供の戯言だったのだろう。

女優としてのスタート地点があの時だったことは事実だけれど、自分が父親への思いに駆り立てられているなんて、絶対に認めたくなかった。だからこそ、貴重な母との思い出に蓋をして、わざわざ頭の奥底に閉じ込めていたのに。

梨枝はおもむろに立ち上がって、押入れを開けてみた。記憶が正しければ、奥のほうにしまってある段ボールの中に目的のものがあるはず。

引っ張り出すのが面倒で、四つん這いの体勢で頭を突っ込み、スマホのライトを頼りに段ボールの中をごそごそ漁ってみる。

「なんしよっと？」

ちょうど学校から帰宅した勇治に声をかけられた。

「あ、いや、アルバムなかったかなと思って」

「アルバム？」

「これかな」

一番古そうな分厚いアルバムを抜き出し、梨枝も押入れから脱出する。

その場に座ってアルバムを開くと、母が整理したのだろう、梨枝や真希の子供の頃の写真が年代順にきちんと貼ってあった。

「それ、梨枝姉？」

勇治が横から覗き込んでくる。

「そうそう。こっちが真希姉」

勇治が「へ〜」と、興味があるのかないのかわからない相槌を打つ。

「見て、これ。小さい頃の私、可愛すぎ」

「よう自分で言えるな」

勇治が冷静にツッコむ。

「でも、やっぱ、全然ないね」

梨枝はアルバムをめくりながら言った。

「なんが？」

「私とお父さんの写真」

「……そんなん俺との写真だって、なかて」

勇治が言った。気を使わなくてもいいのに、弟のこの気性は誰に似たのやら。

康夫は写真嫌いだったから、一緒に写っている家族写真もほとんどない。

梨枝はふと、一枚の写真に目を留めた。母と梨枝のツーショット写真だ。

「俺とお袋の写真なんか、もっとなかし」

勇治は少し寂しそうだ。

「ま、あんたが二歳の時だったからね……」

子供が三人もいてアルバムが極端に少ないのは、康夫の写真嫌いと、母が早くに亡くなったせいもある。

「お袋ってどがん人やったん？」

ふいに勇治が訊いてきた。

母のことを思い出してみる。たくさん伝えたいことがあるようで、いざ言葉にするとなると、なにから話していいのかわからない。

「どんな人……」

「明るくて、笑い上戸で、でも怒ると怖くて、たぶん、お父さんのことが大好きだった人」

頭に浮かんだ言葉を、そのまま口にしてみた。

「ふーん……」

自分から訊いてきたわりに、気の抜けた返事。

思い出がないということは、思慕を感じることもないのかもしれない。だとしたら、そんな弟が不憫(ふびん)に思えてくる。

しんみりした空気を察してか、ふいに勇治が言った。

「梨枝姉、飯食ったん？」

「いや、まだ」

「じゃあ俺、なんか作るばい」

「え、あんた作れんの？」

「まあ、たいしたもんじゃないけど」

「へぇ～……」

勇治はスクールバッグを持って立ち上がり、制服を着替えにいった。

「すっご」

食卓に並んだ料理を見て、梨枝は思わず感嘆の声を漏らした。

白いご飯に、おかずのメインはキャベツの千切りを添えた豚の生姜焼き。そのほかにも、明太子入りの卵焼きとほうれん草のお浸し、さらに豆腐とジャガイモの味噌汁まで。

「これからは男も料理くらいしきらんといかんて、真希姉から叩き込まれたわ」

真希が言いそうなことだ。自分が嫁にいったあとの男所帯を心配したのかもしれない。

「いただきます」

まず、味噌汁に口をつける。

「うま！」

お世辞ではなかった。九州ならではのいりこ出汁に、さらっとした麦味噌がいい。続いて生姜焼き。ちゃんと生姜をすってあり、甘めの九州醤油がまた食欲をそそる。

これだけの料理を、勇治はものの三十分で作ってしまった。

「あんた、絶対モテるよ。顔もいいし。なんで童貞なの？」

「知らんわ、そんなん」

ぶすっとして言い、白飯をかき込む。

「告白とかされるでしょ？」

「まぁ……」

「それで付き合ったりしないの？」

「今はよか」

「へ〜」

「なんね？」

「好きな子がいるんでしょ」

勇治は答えず、ますますぶすっとして、また白飯をかき込んだ。

梨枝は心の中でクスッと笑った。

「いきなり告っちゃえばいいのに。案外そういうのでコロッと女は落ちるもんよ」

「ばってん……そいつ彼氏おるけん」

「なおのこといいじゃん」

「なんが？」

「今のうちから告っておけば、その子が彼氏と別れた時点であんたが繰り上がるから。そういうシステムだから、その年頃の女子は」

「システムて」

「ピンチはチャンスよ」

偉そうに言ったあとに、その言葉が特大のブーメランとなって自分に返ってきた。傍から見たら、結構痛い女だ。けれど今は自分のことは棚に上げ、年の離れた弟が作ってくれた料理を食べながら、会話を楽しむことにする。

「まさか勇治と恋バナをする日が来るとはね。感慨深いわ」

「もうよか、こん話は。終わり」

勇治は恋バナを打ち切り、話題を変えた。

「梨枝姉は料理せんと？」

「うん」

「まったく？」

「悪い？」

「いや……」

「ま……焼き飯なら作れるけど」

「焼き飯？」

意表を突いた料理だったのか、勇治が小さく笑った。

「なに？」

「いや、なんで焼き飯？」

「お袋に？」

「習ったの」

梨枝は一瞬、言い淀んだ。しかし、別に隠しておくようなことでもない。

「いや……お父さん」

「親父に？」

勇治が目を丸くする。予想どおりの反応だ。

「うん」

「親父が料理するところなんて、見たことなかばい」

「ま、習ったっていうか……」

勇治が生まれる少し前のこと。休みだったあの日、なんの用事だったのか、枝美子と真希は外出していて、家には康夫と二人きりだった。原因も忘れてしまったが、梨枝は康夫と喧嘩していた。喧嘩といっても、梨枝がただ勝手にふてくされていただけなのだが――。

午後になり、お腹が空いて居間に行くと、康夫はいつものように難しい顔で新聞を読んでいた。どうせまた喧嘩になる。そう思って踵を返そうとした梨枝に、康夫が声をかけてきた。

「昼飯は食うたか」

梨枝はかぶりを振った。

「腹減っとるか」

今度はうなずく。

康夫はやおら新聞を置いて立ち上がり、台所に入っていった。まさか梨枝も康夫が料理をするとは思わない。いったいなにをするのかと廊下から見ていると、康夫は冷蔵庫から卵やウインナーなどの食材を取り出し、フライパンを熱して焼き飯を作り始めた。

調味料はマヨネーズと醬油、塩コショウだけ。康夫はさっさと食べ始めたが、ご飯はダマになっていたし、具材の形はバラバラ、彩りも悪くて、お世辞にもおいしそうな見た目とは言えなかった。躊躇していると、熱いうちに食えと言う。梨枝はいただきますと手を合わせ、恐る恐る口に運んでみた。

「……美味しい」

梨枝が素直に言うと、康夫の口角がかすかに上がったように見えた。が、すぐにいつもの顔に戻り、なにも言わずに自分の作った焼き飯を食べ続けた。

「それから、なぜか私とお父さんだけの時は決まってその焼き飯でさ。でも、それが結構美味しいから、別に嫌じゃなくてね。いつの間にか作り方覚えちゃった」

長々と思い出話をしたあと急に恥ずかしくなって、しゃべりすぎて渇いた喉を麦茶で潤した。

「意外と仲よかったんやな」

勇治が変なことを言うので、危うく麦茶を噴きだしそうになる。

「でも食事中、会話ほぼないから！」

むせながら言うと、「なんのアピール？」と勇治が可笑しそうに笑った。

話をしながら、梨枝は一体自分が父のことをどれくらい知っているのだろうと思った。

園田康夫、62歳。生まれは隣町の福岡県大牟田市。小学生低学年の時に荒尾市に引っ越してきたと言っていた。その後は荒尾市で育ち、市役所に就職。母とは職場結婚である。市役所の職員を定年まで勤め上げ、二年前に退職した。

梨枝は父が笑う姿をほとんど見たことがない。お笑い番組を観ていて家族が隣で大笑いしていても、康夫は一切笑わなかったくらいだ。面白くないのかと真希が尋ねると「面白い」と答えるのだが、それが表情には出ない。

昔、母が「お父さんは感情表現が下手くそ」と言っていたことがあったが、まさにその通り。あのブスッとした顔がデフォルトなだけで、内心はそれなりに楽しんだり悲しんだりしていたのかもしれない。

康夫の感情が露わになる場面を梨枝が垣間見たのは二度だけ。一度は、梨枝が家を飛び出したあの時。梨枝の放った言葉に、康夫は語気を強めるだけに留まらず、ビンタまで繰り出した。康夫にぶたれたのはあれが最初で最後だ。

もう一度は、母が亡くなった葬儀の後。それまで、涙どころか悲しい顔ひとつ見せず、喪主としてテキパキ立ち回っていた康夫であったが、葬儀が終わり家に帰ってきた夜、母の遺骨と遺影の前に座り、一人肩を丸めていた。表情はわからなかったが、あれほど悲しそうな父親の姿を梨枝は後にも先にも知らない。

「どげんした？」

勇治が声をかける。しばらく、何も食べずに一点を見つめていたようだ。

梨枝は頭を振り、少し冷めてしまった生姜焼きに手を伸ばした。

＊

病院からの帰り道に通りかかったラーメン屋でとんこつラーメンを食べ、咲が宮殿風の宿舎に戻ったのは、七時を過ぎたくらいだった。

田所に業務連絡を入れるため、ノートパソコンを小脇に抱えて部屋を出る。部屋だとWi－Fiがすぐに切れてしまうのだ。ロビーまで降りて、共用のテーブルにパソコンを置いた。ほかに客はいなかった。ラブホテルに来る目的はただ一つ、ロビーで時間を潰そうなんて酔狂な人間がいるはずもない。

パソコンを開き、リモート通話アプリを立ち上げる。通話を繋いで待っていると、しばらくして、田所の顔が画面いっぱいに映し出された。

「お疲れさまです」

「見えてる？　あれ、俺のほうにおまえの顔見えないんだけど」

「こっちには見えてます」

田所が操作を終えるのを待つ。こんな業界なのに、プロデューサークラスになると、田所のようなデジタル音痴も少なくない。

「あ、これか、これだ。おお、映った、お疲れ」

画面の田所が手を振る。背景から察するに、自宅の自室だろう。

「お疲れさまです」

「どう？　撮影は？　いい感じ？」

「いや、それが、いろいろあって、まだ撮りきれてなくて」

「なんだよ、いろいろって」

田所の声のトーンが落ちた。不機嫌の前ぶれだ。

「あ、いや、その、安藤さんが体調不良で今日の撮影ができなくて。なので、できればもう少し粘りたいんですけど……」

良心が咎(とが)めないではなかったが、梨枝のせいにした。

「なるほど。ただ、ちょっと時間かけ過ぎだな～」

「でも、宿もすごい安いので」

男女のカップルがちょうど自動ドアから入ってきた。咲を見てギョッとする。

「ま、でも、ぶっちゃけ、そんなに時間かけてやる番組でもないんだよ、これ。今度の特番のADも足りてないし……てか、おまえ、今どこいんの？」

「ホテルのロビーです」

咲の背後で部屋を選んでいるカップルが、内蔵カメラに映り込んでいる。ホテルはホテルでもどんなホテルなのか、一目瞭然だ。

田所が「ああ……」と曖昧な相槌を打った。

「なんか部屋のWi-Fi繋がり悪くて」

「そう言えば、安藤梨花のお父さんってどんな状況なの?」

たった今思い出したかのように、田所が訊いてきた。どんなに酔っていようと、こういうネタだけは忘れないのだ、この人は。

「……変わらずだと思います」

「そこで、なんかドラマ起きたらいいけどなぁ~」と田所が独りごちる。

あえて咲は何も返さなかった。

「ま、でも明日までだな。それで切り上げてこい」

「え……」

咲は絶句した。明日一日だけなんて絶対に無理だ。まだドキュメンタリーのドの字も撮れていない。

田所に説得を試みようとした時、画面の向こうから「パパ! まだ?」と女の子の幼い声がした。

「そういうことで。すまん、娘を風呂に入れないといけないんだわ。じゃあな！」

駆け足で言うと、いつものように返事を待たず田所は通話を切った。

ため息が漏れた。後ろのカップルはまだ部屋を選んでいる。

パソコンを閉じて立ち上がった咲は、松葉杖がないことに気づいた。どこかに置いてきてしまったらしい。たしか病院まではあったはず。バスの中か、ラーメン屋か……。

記憶を遡ろうとした時、スマホが着信を知らせた。

青天の霹靂（へきれき）。梨枝からのショートメールだ。向こうから連絡が来るなんて、いったい何事だろう。

タップしてメッセージを開く。

『明日行きたいところがあるんだけど、いい？』

8

翌日、自宅から出てきた梨枝はいつもの愛想のない顔で後部座席に乗り込んできた。

「おはよう」

素っ気ない挨拶もデフォルトだ。

「おはよう！」

二日酔いも醒め、拓郎が運転席から元気いっぱいに挨拶を返す。

「おはようございます」

助手席の咲は、窺うように梨枝を振り返った。

「……高校、ですか？」

「うん」

梨枝の行きたいところ——それは意外にも、通っていた地元の高校だという。

「でも、台本ないんですけど……」

「大丈夫」

気のせいだろうか。その短い言葉の中に、梨枝の意志のようなものを感じた。

「あと、これ」

梨枝が後ろから写真の束を差し出した。

「子供の頃の写真。なんかに使えるなら。ま、別に使わなくてもいいけど」

咲が一枚ずつ見ていくと、写真の裏にはそれぞれ説明書きまでしてある。

「……ありがとうございます」

「それと、一人だけ出てくれる女友達見つけた。ま、仲良かったってほどじゃないけど、いないよりマシでしょ」

「それは、もちろん」

咲は戸惑いつつ言った。どういう心境の変化か、梨枝は人が変わったように協力的だ。理由が気にならないではなかったが、わざわざよけいな質問をして女優の機嫌を損ねることもない。

県道126号線を小道に少し入ったところに、梨枝の母校である県立高校はあった。校門の前に車を止めて、外に出る。

「あれ、名前、変わってる」

校門の銘板を見て、梨枝が言った。

「あ、そうそう。五年くらい前かな。南関(なんかん)高校と合併して」

同級生だった拓郎が説明する。今は岱志(たいし)高校と改名されたが、もとは荒尾高校という地名由来のシンプルな校名だったらしい。

「そうなんだ。知らなかった」

「十年前やからな、俺らがここに通いよったんも」

拓郎が感慨深げに、当時のままの校舎を見上げる。

「あの、カメラ、いつから回します?」

咲はすでにスタンバイ済みだ。

「いつでも」

「あ、そうですか。じゃあ」

咲は録画ボタンを押した。

「回りました」

茶系のワンピースを着た梨枝が校門の前に立つ姿をカメラが捉える。

「なんか適当に質問してくれない? それに答えるから」

「わかりました。では……ここはどこですか?」

「通ってた高校なんですけど、校名が変わっててびっくりしました。でも変わらないですね、建物とか雰囲気とか」

さもそれまでの会話の続きであるかのように、梨枝は自然に話しだした。

「来るのは何年ぶりですか?」

「十年ぶりですね。いや、でも、高三の途中でやめちゃったから、正確には十年半ぶりくらいですね」

中退した過去を隠すでもなく、梨枝は笑いながら言った。

「どうですか？　久しぶりに来てみて」

「やっぱ、懐かしいですね。やめちゃった人間が言うのもなんだけど、ある意味、その決断があったから今の私があるというか」

「戻りたいと思ったりしますか？」

梨枝は少し考えるような間を取り、

「ま、ちょっとは」

「戻ってどうするんですか？」

「もう少し友達を作りたいですね。全然いなかったので」

校舎を眺める梨枝の横顔には、なにか引き込まれるものがあった。

「……カット」

咲は録画を止め、カメラを肩から下ろした。いい感じだ。

「おお〜、いいやんか！　なんかドキュメンタリーっぽか〜！」

大喜びの拓郎に、「最初からドキュメンタリーだから」と梨枝がツッコむ。その声は笑っていて、満更でもなさそうだ。

「でも、なんか、初めて女優・安藤梨花じゃなくて園田梨枝という一人の女性の言葉を聞けた気がします」

「それはいいの、悪いの？」

「すごくいいと思います」

「あ、そう？」

梨枝がホッとしたように口元を綻ばせた。梨枝が素の表情を咲に向けたのは、たぶんこれが初めてだ。

その時、女子高生の二人組が校舎から出てきた。

「なんか撮影しよらす」

「え、ちょっと待って！　安藤梨花やない？」

「やば！　ほんとやん！」

二人とも大騒ぎしながらスマホを梨枝に向けてくる。すぐに電子的なシャッター音が連続して聞こえてきた。

「あちゃー、ついにバレてしもたか」と拓郎。

「いったん、場所変えましょう」

梨枝は名残惜しそうに校舎を見つめていたが、咲が呼ぶと車に戻ってきた。

「あれ？　そう言えば、瀬野さん、松葉杖は？」

拓郎がよけいなことを訊いてくる。

「あ……いや、なんか、あんがい無しでも歩けたので」

適当に笑ってごまかした。

ジョイフル荒尾店の駐車場に車を止めて待っていると、制服姿の内田仁美が店から出てきた。

それを確認して、梨枝が先に車の外に出る。カメラを持った咲と拓郎も続いた。

仁美は梨枝をみとめると、「園田さん！」と大声で名前を呼び、手を振りながら駆け寄ってきた。

「ごめんね、突然変なお願いして」

「全然。でも本当に私でよかと？」

緊張なのか感動なのか、仁美は声が震えている。

梨枝はうなずき、苦笑いを浮かべて自嘲気味に言った。

「てか、正直、内田さんくらいしか出てもらえる女友達いないから、私」

「私、頑張るけん！　実は私、大学の時、演劇サークルに所属しとったとよ！」

そう言って、仁美は発声練習を始めた。

「あの、これ、ドキュメンタリーなので、リラックスしてお願いします」

咲がそれとなく釘を刺す。土地柄のせいなのか、梨枝の知り合いはみなハリキリすぎるきらいがある。

「はい、お願いします！」

意図が伝わっているかどうかは怪しいが、あまり時間もない。咲は仁美にカメラを向けた。

「では、私が質問をしますので、それに答えてください」

「はい！」

仁美の顔がにわかに紅潮する。

「まず、簡単に自己紹介をお願いします」

「はじめまして！　内田仁美と申します！　趣味は人間観察！　特技は耳を動かすことです！」

ミュージカル女優ばりに声を張ると、仁美は器用に耳をピクピク動かした。

やはり意図は伝わっていなかったようだ。咲がカメラを止める。

「あの、ちょっと声張りすぎかもですね」

「あ、もっと抑えた感じのほうですか？」

「抑えた感じというかリラックスして自然に。あと、趣味と特技は言わなくて大丈夫です」

「あ、了解です」

再び仁美にカメラを向ける。今度はうまく誘導せねば。

「お名前は？」

「内田仁美です！」

「安藤さんとはどんなご関係で？」

「高校時代の同級生……あ、友達です！」

「いいですね。では、安藤さんって、この町でどういった存在なんですか？」

仁美の目が、傍目にもわかるほどパッと輝いた。

「そりゃもうスターですよ！　こんな田舎町から女優さんが誕生するとは思ってなかったのでびっくりです！　あ、私いま、ファミレスで働いているんですけど、そのお客さんの中にも大ファンのおじさんがいて！　その人、いつも園田さん……あ、安藤さんが載ってる雑誌とか新聞を黙々と切り抜いてるんですよ！　すごくないですか？　そのくらい……」

拓郎はニコニコしながら話に聞き入っているが、梨枝は苦虫を嚙み潰したような顔だ。

「すみません！　園田さんって言っちゃったところですよね？」

仁美が先走って言う。

「いや、そこじゃなくて。おじさんのエピソードが、ちょっと嘘くさいかもですね……」

親切心からだろうことはわかるので、咲は申し訳なさそうに言った。

「それはホントですよ？」

仁美は心外そうだ。

「ちょっと盛りすぎかな……。なんかヤラセっぽいんで、ほかにエピソードありませんか？　高校時代とか」

仁美はう〜んと考え込んだ。仲が良かったというほどじゃないと梨枝は言っていたが、話したことがあるのかどうかさえ怪しい。

「あ、園田さん、あの話してもよか？」

了解を得ようと仁美が声をかけたが、梨枝は自分のスマホを見つめたまま顔を上げもしない。

「園田？」

隣にいた拓郎が声をかけると、梨枝はやっと顔を上げた。

「え？」

「あの保健体育の時の話ばしてもよか？」

もう一度、仁美が訊く。

「ああ、うん」

梨枝はどこか上の空だ。

その時、ファミレスから出てきた若い男の二人連れが、梨枝に気づいた。

「あ、ほら、あれ安藤梨花やない？」

「うお、マジや！」

「だけん言ったやっか！」

男たちはスマホを取り出し、写真を撮り始めた。

「あ〜すみません〜、写真はちょっと〜」

すかさず拓郎が止めにいく。いまや立派なクルーの一員である。

「場所移動してやりましょう！」

咲は瞬時に決断した。

「え？」

なぜか梨枝は戸惑いの表情を浮かべたが、咲に気にしている余裕はなかった。

「ここ、ちゃんと撮ったほうがいいと思うんです！　さるたくさん！」

「了解！」

拓郎は電光石火のごとき素早さで運転席に乗り込み、タクシーのエンジンをかけた。

咲が梨枝に視線を戻すと、あらぬほうを見つめている。

その視線の先には、康夫の入院している病院があった。

「大丈夫ですか？」

「……ごめん、ちょっとだけ外していい？」

「え？」

「やってて！　すぐ戻るから！」

言うなり、梨枝は駆けだしていった。

＊

『すぐ病院に来て。話がある』

真希から届いたショートメールには、それしか記されてなかった。

康夫になにかあったのかもしれない。

長い廊下を歩きながら、梨枝は自分の鼓動が激しく波打っているのを感じた。病院まで走ってきたせいなのか、それとも言いようのない不安のせいなのか……。

康夫の病室の前まで来ると、自分に迷いを与えないようすぐにドアを開けた。

息が止まる。ベッドが空っぽだ。

最悪の事態を想像しながらおそるおそる足を踏み入れると、少し前まで人がいたような気配がある。

間に合わなかったのか——。

呆然と立ち尽くしていると、「梨枝姉」と勇治の声がした。

ハッとして入り口を振り返る。

「お父さんは？」

開口一番に訊いた。

「CT検査に行っとらす」

勇治の後ろにいた真希が答え、静かに病室のドアを閉めた。

「そう……」

安堵で肩の力が抜けた。真希には、それが気に食わなかったようだ。

「なんばしよったんね？　今の今まで」

「いや、とくに……」

言いはぐらかそうとしたが、今日の真希は絶対に梨枝を逃す気がないようだ。

「じゃあ、これはなん？　説明してくれん？」

スマホを出して、画面を梨枝に向ける。

それは、高校の校門前で撮影中の梨枝の写真だった。おそらく先ほどの女子高生が拡散したのだろう。あとで知ったが、勇治にも友達から写真が送られてきたそうだ。

「いや、それは」

言い訳を探して口ごもる。刺さるような真希の視線が痛い。梨枝は観念した。

「じつは、ちょっと仕事もあって……」

「なんで隠しとったん？」

「別に隠してたわけじゃないんだけど、わざわざ言うことでもないと思って」

「あんた、言うたよね。お父さんのお見舞いのために帰ってきたて。でも、これじゃあ、仕事のついでやなかね」

言われっぱなしで、さすがにムッとした。

「そんな言い方しなくてもいいでしょ」

「本当のことやろもん！」

真希の甲高い声が、鼓膜にキンキンと不快に反響する。

「あ〜もう……だけん言いたくなかったんよ」

ギリギリの所で堰き止めていた感情が、喉元の防波堤を突き破って口から溢れ出た。

「は？」

「だって、お姉ちゃんいつもそうやん。私が仕事って言ったら、すぐ不機嫌になるけん」

ずっと東京の言葉で通してきたのに、感情が暴走して知らず知らず方言になっていた。

「あんたは家族よりも仕事が大事なんね？」

「そうよ」

梨枝は躊躇なく答えた。

「こっちも命かけて仕事しよるんよ。主婦がこの世のすべてと思っとるお姉ちゃんには一生わからんやろうけど」

真希の顔が怒りでどんどん紅潮していく。その横で勇治は途方に暮れたように立ち尽くしている。

梨枝はそれでも構わず続けた。

「私は家族の結婚式だろうが、葬式だろうが、仕事があったら迷わず仕事ば優先する」

「ああ、そう。じゃあ、もうよか。さっさと仕事に戻らんね」

「言われんでも、そうする」

カッとなった真希が、洗面台に置いてあったティッシュケースを梨枝に投げつけた。

間一髪かわしたが、女優の顔に傷でもついたらどうするつもりだ。

「なんばすっと！」

「もう二度と来んでよか！」

怒りの収まらない真希が梨枝の腕をつかみ、病室から追い出そうと強引に引っ張っていく。

「痛い！」

梨枝は乱暴にその手を振り払った。真希が梨枝につかみかかる。

「ちょっと二人とも……」

勇治が止めようとするが、取っ組み合いに発展した二人に割って入る隙間はない。

梨枝の足が床に転がっていたティッシュケースを蹴っ飛ばし、勇治の足元まで飛んでいった。

反射的に勇治がそれを拾い上げる。

「……ん？　なんこれ？」

その言葉に、梨枝と真希は思わず手を止め勇治を見た。

勇治は、側面が開いたティッシュケースの中から何かを取り出した。

「なんね、それ」

取っ組み合った格好のまま、真希が尋ねる。

主婦にはなじみのない物かもしれないが、梨枝はすぐにわかった。勇治が手にしているのは、ゴープロだ。

「……カメラ？」

次の瞬間、梨枝の目が病室の隅に立てかけられた松葉杖を捉えた。

瞬時に点と点とが繋がり、梨枝はすべてを理解した。

梨枝は真希を振り払い、勇治の手からゴープロを奪い取った。

「ちょっと！　あんた！」

真希が取り返しにくる。再び熾烈な揉み合いが始まり、業を煮やした真希が梨枝の腕に噛み付いた。

「痛！」

なりふり構わぬ真希の猛攻に屈し、梨枝はついにゴープロを手放した。

乱れた髪もそのままに、真希が戦利品を梨枝の目の前に突き出す。

「どういうこと、これ？　あんたがやったん？」

梨枝は黙った。こんなことを考える人物は一人しかいない。

「病室ば隠し撮りして、どがんするつもりやったんね？」

「ち、違う、知らない……」

「お父さんがどういう状況かわかっとるとね！」

今までの怒りが小言に思えるほど、真希は激高した。

「お父さんは見せもんでも、あんたの道具でもなかとよ！　けっきょくあんたは家族ば利用しようと思っとっただけやろ！　そのために帰ってきたんやろ！」

頭ごなしに決めつける姉のキンキン声が、頭の奥に響いて心臓を直撃する。

病室が静かになった。誰もなにも言わない。荒らげた呼吸を整える真希の息遣いだけが聞こえる。

「……なんが悪いと？」

梨枝が先に沈黙を破った。

「家族ば利用してなんが悪いと？　お姉ちゃんだってさんざん私ば利用しよったやん」

「……なんば言いよるんね？」

「私が何回サインば書いて送ったと思っとるん？」

「そ、それのなんがいかんと？」

真希が初めて怯んだような表情になった。

「誰かによか格好するために私ば利用したんやろ？」

「それとこれとは話の次元が違うやろもん！」

「なんが？　一緒やんね！」

この件では分が悪いと思ったのか、真希は小さく息を吐き、矛先を変えてきた。

「私たちがあんたのせいでどんな思いばしたと思っとるんね？」

「は？」

「私ね、娘から『フリンってなん？』って訊かれたんよ。幼稚園の友達から揶揄われたって。まだ五歳ばい。一回もおうたことなかおばさんのことで、なんであん子がそんかことば言われんといかんと？」

言いたいことは山ほどあったし、弁明もできた。でも、なにも言う気になれなかった。どうせ信じてもらえない。諦めが先に立つ。

梨枝は黙ったままうつむいた。

「勇治だってそうよ」

「真希姉……」

か細いような声で勇治が止めようとするが、真希は構わず続けた。

「あんたのせいでずっといじめられよったんよ」

梨枝が思わず勇治を見ると、勇治は気まずそうに顔を伏せた。

「出てって。そんなに仕事が大事なら、もう家族のことはなんも心配せんでよかけん。出ていってください。お願いします」

真希は震えた声で言うと、梨枝に向かって深々と頭を下げた。

なにも言えなかった。どんなにきつい言葉で怒鳴られるより、胸に痛かった。

かすかな嗚咽(おえつ)が聞こえてきた時、梨枝は耐えられなくなって病室を出た。

病院の廊下を足早に歩いていると、背後から勇治が追ってきた。

梨枝の横に並び、無言でゴープロを差し出す。梨枝も無言で受け取った。

勇治はそのまま黙って梨枝についてきた。

「……あんた、私のせいでいじめられよったんね？」

「よかやん、それは……」

「よくなか」

少しの間を置いて、勇治は小さく息を吐いた。

「いじめられよったっていうか、梨枝姉の穿いとったパンツ持って来いとか、そういうこと言われよっただけ」

相手にしたらただの悪ふざけでも、勇治にはそうでなかったに違いない。

「持っていったんね？」

わざと軽い調子で訊くと、「行くわけないやろ」と生真面目な答えが返ってきた。

「持っていけばよかったやん」

「はあ？」

「なんなら売りつけてやればよかったとに」

私は気にしてないよと伝えるつもりだったのに、

「なんば言いよるん……」

勇治は困ったように目を伏せた。

その顔を見て、申し訳なさで胸が締めつけられた。

「でもごめん。全然知らんやった、そんかこと」

「別に謝ることじゃないやろ。それが、梨枝姉の命かけてしよる仕事なんやろ？」

返事ができなかった。自分の言葉に自信が持てなかった。昔はいざ知らず、今の梨枝は本当に命をかけて仕事をしていると言えるだろうか？

込み上げてくる感情を堰き止めるように、梨枝は唇を噛んだ。

梨枝が居酒屋に着いた時、店では女将のインタビュー撮影が始まろうとしていた。一度は出演を断った女将だったが、どうやら咲が説得したらしい。

「服がちょっと地味かかね？」

女将がそわそわしながら、自分のセーターの裾を引っぱる。

「いえいえ、そんなことないですよ」と咲。

「やっぱ着替えてこよか？　ね？　そのほうがよかよね？」

言いながら、すでに腰を半分上げている。

「いや、あの、ホントに大丈夫ですから」

遠回しに時間がないことを伝える咲の努力は報われず、「すぐ着替えて来るけん！」

と女将は慌ただしく店の奥に消えた。

咲が諦めの小さなため息をつき、梨枝のほうに振り向いた。

「あ、安藤さん、見てください。内田さんもけっこういい感じに撮れましたよ」

咲は嬉しそうに、カメラのモニター画面を梨枝のほうに向けた。

それには目もくれず、病室に仕掛けてあった隠しカメラのゴープロを逆に突き出す。

「これ、あんたの？」

咲の表情がさっと強張った。

「どういうこと？」

「あ、いや、それは、すみません。なんというか、保険っていうか。あとでちゃんと説明しようと思ってたんですけど。も、もちろんまだ回してないので……」

咲は狼狽しながらも、必死に言葉を繋いだ。

「これがあなたの撮りたいものなの？」

本当は腸が煮えくり返っていたが、冷ややかに問いかける。

咲は蒼白(そうはく)になったまま答えない。それが彼女の答えなのだと、梨枝は理解した。

「そっか。あなたを信じようと思った私が馬鹿みたいだね」

捨てゼリフのように言って、梨枝は踵を返した。

「あ、おい、園田」

呼び止める拓郎を無視して、居酒屋を出た。

とにかく、少しでも早くその場から離れたかった。当てもなくしばらく県道沿いを歩く。やがて拓郎のタクシーが梨枝に追いつき、速度を緩めて並走し始めた。

「おい、園田。乗れやん。送っていくけん」

助手席の窓が開き、拓郎が言う。

梨枝は立ち止まった。拓郎も慌ててブレーキを踏む。

後部座席のドアが開き、梨枝はなにも言わずに乗り込んだ。タクシーは県道126号線から本村の交差点を左折し、国道208号線に入っていく。

「そういえば、一中も名前変わったんぞ」

一中は梨枝と拓郎が通った中学校だ。ちょうどこの先を左に入ったところにあり、向こうに小さく校舎が見えた。

「海陽中って言うげな。シャレとんな〜」と拓郎が笑う。

「おまえと初めて同じクラスになったんも中学の時やったな」

拓郎とは小学校も同じ校区だったが、六年間一度も同じクラスになったことがなく、中学一年生の時に初めて同じクラスになるまで、梨枝は拓郎の存在すら知らなかった。

「おまえ、中央小の園田やろ？　俺、猿渡拓郎。さるたくって呼んで」

一方的に自己紹介され、呼び名まで指定されたことを思い出す。

黙って窓の外を見ている梨枝が落ち込んでいると思ったのか、

「な〜んね、園田はこれからやろもん！　まだまだいくらだって時間もチャンスもあるて！」

拓郎はいつも以上に明るい調子で言った。

「ないよ、もう、時間なんか」

梨枝は自嘲気味に笑った。清純派と呼ばれるには、もうトウが立ち過ぎた。かと言って、演技派と呼ばれるほどの実力はない。

「わかってる……自分が演技下手なことくらい……だから、もがいて、自分なりにできることをやったの」

言ってから、ハッと口をつぐむ。

「いや、やったって、そのヤったじゃないから！」

「え？　え？」

拓郎はなんのことだかわからないらしい。みずから墓穴を掘ってしまった。

「……だから、あの監督とは、本当に飲みに行っただけってこと」

さんざん醜態を見せてきた拓郎に、この期に及んで取り繕っても始まらない。

「あ、ああ……」

「ま、結果、マンションまで行っちゃったのは事実だから、今さらなに言っても仕方ないけど……」

拓郎に弁明したって意味がないのに、なぜこんなことをしゃべっているのだろう。

「なんでや。ちゃんとそう言えばよかやっか」

「言っても、私の周りに信じてくれる人なんて誰もいない」

言いながら、虚しさが込み上げてくる。

「じゃあ、なんで、そこまでして、そん仕事にこだわるとや?」

不意に拓郎が、真面目な質問をしてきた。

「あ、いや、園田やったら、ほかにも成功しそうな仕事いっぱいありそうなとに、なんで女優さんにこだわるんかと思って」

梨枝はしばらく黙り込んだあと、ゆっくりと口を開いた。

「……約束したから。お母さんと。女優になってお父さんを見返すって。いや、最初は……」

梨枝は言葉を止めた。

——お父さんばいっぱい笑顔にしてあげて。

母の言葉が脳裏に蘇る。そう、すべての始まりは、その一言だったはず。

女優になって大きな賞をもらったら、お父さんもきっと梨枝を褒めてくれる。

子供っぽい純粋な動機は、いつしか康夫に対する意地と反発にすり替わり、女優として成功することこそが唯一、父を見返すことのできる方法であるように錯覚していった。

どこかでそれを自覚しつつも、意地を振り払うことも反発をいなすこともできず、気づいた時には引き返せない場所まで来てしまっていた。

「……あ〜、でもこれで完全に目標も帰る場所もなくなったなぁ」

梨枝は投げやりに言った。話題を変えたかった。でないと、思考がどん底まで落ちていきそうで。

「もうこうなったら、どっかの社長と結婚して引退するしかないか〜。ねえ？　誰かいい人いない？」

冗談めかして拓郎に話を振る。

「そげんかこと、言うなよ」

今までの明るい口調と打って変わって、拓郎は低い声で呻くように言った。

「園田は、ずっと俺の生きる目的やったんやけん」

真剣な拓郎に、梨枝は戸惑ったまま言葉を見つけられないでいる。

「ちょっとだけ、キモい話してよかか？」

「……うん」

「いや、まあまあキモいかもしれん」

「……うん」

拓郎は心を決めたように、小さく深呼吸して話しだした。

「俺な、小学校の時におまえに一目惚れしてから今までずっとおまえに片思いしとるんよ」

突然の告白に驚いた。懐かしさのほかに好意を感じないわけではなかったが、昔ちょっと好きだった同級生、くらいのものだと思っていた。

返事を期待して話したのではないのだろう、梨枝の反応を確認することなく、拓郎は続けた。

「高校だって本当はもう少しよかとこ行けたけど、おまえと同じとこ行くためにランク落としたんぞ。そんで、高校の卒業式のあとおまえに告白しようと決めとった。ばってん、おまえがいきなり高校やめるけん、俺、ショックで大学入試の名前書き忘れてしもて。浪人したけど、やる気起きんで、ダラダラダラダラして……」

そこで拓郎は言葉を切った。こんなことを話して、かえって梨枝に嫌な思いをさせやしないか。そんなふうに迷っているようだった。それでも拓郎は、ゆっくり息を吐いて再び話しだした。

「ほんと、なんのために生きとるんやろと思ってな。有明海に飛び込んで海苔の餌になっちゃろうかと考えたこともあった。でも、そんか時におまえがテレビに出とるのば観たとたい」

その時のことを思い出したように、拓郎が嬉しそうな笑顔になる。

「そこでのおまえは、昔からなんも変わらん。一匹狼で、我が道ば進みよった。今でもそうや。ま、ちょっと調子こいて勘違いしたことはあったんかもしれんけど、本当のおまえは最初から、不器用で、負けず嫌いの頑張り屋さんなんよ。あの日、テレビでそんなおまえば観たけん、俺も俺なりにもう少し頑張ってみようと思ったったい。いつかまたおまえに会った時、恥ずかしくなかように」

そこで、拓郎はバックミラー越しに梨枝の目を見つめた。

「つまり、なにが言いたかかと言うと……おまえは俺の命の恩人であり、生きる目的なんよ！　だけんそんなしみったれた顔せんで、カッコつけとってくれってことや！」

大きな声で言うと、拓郎は気恥ずかしそうに顔を赤らめた。

「すまん。だいぶキモかったな……」

そんなことはない。拓郎の言葉が、今の梨枝にどれほど慰めになったか。誰にも知られたくないだろうことまで、梨枝のために話してくれた。

「……ううん」

梨枝がかぶりを振ると、拓郎はホッとしたように相好を崩した。

9

帰ってみると、家の中は静まり返っていた。誰もいないようだ。梨枝はそのまま自室に直行し、散乱していた洋服や身の回りの物をキャリーバッグに詰め込んだ。時計を見る。十八時少し前。福岡空港まで、およそ二時間。今すぐ出発すれば、東京行きの最終便に間に合うかもしれない。乗れなかった時は、近くのホテルにでも泊まればいい。いずれにせよ、もうここにいる理由も必要もない。

梨枝は、来た時よりもなぜか容量を増したキャリーバッグを持って自室を出た。そのまま仏間へ行くと、仏壇の前にそっと腰を下ろす。

「ごめん。約束守れんかった」

絞り出すように呟くと、母はあの頃と変わらぬ優しい笑みを返してくれた。それが余計に梨枝の感情を揺さぶる。母が生きていたならなんと言っただろう。

もうこれ以上、心を乱されたくない。なにも考えずに玄関に向かう。が、その足は、康夫の部屋の前で無意識に止まった。

少しだけ、ドアが開いている。勇治が何か取りにでも入ったのだろうか。閉じるつもりでドアノブに手をかけた梨枝の右手は、意思に逆らってドアを押し開けていた。

部屋に足を踏み入れる。

記憶と同じ、殺風景な部屋だ。綺麗に片付いた簡素なデスク。その脇に本棚、あとは年季の入った小さな液晶テレビと、今ではめったに見ないビデオデッキがＤＶＤデッキと重なるようにして置いてある。物持ちの良い父のことだからきっと捨てられなかったのだろう。

梨枝は、奥のデスクチェアに腰を下ろした。

本棚の奥に、隠すように飾られていた写真に気づく。思わず手に取った。

赤ん坊の勇治を抱いて微笑む枝美子。その隣には笑顔でピースする真希。一歩引いて最後列に憮然とした顔で立っている康夫。その前に、同じような表情の梨枝。撮影したことさえ覚えていないが、それは勇治が生まれた時に撮ったらしい、貴重な家族写真だった。

まさか、あの父がこんなものを飾っていたとは……。複雑な思いが胸中に去来する。

デスクの上にあったアンティーク風の置き時計の秒針の音が、梨枝の感覚を麻痺（まひ）させていく。妙に心地よく、しばらくその空間に浸っていたい衝動に駆られたところで、我に返った。

時計を見ると、十八時五分だ。

「やば」

写真を戻して立ち上がろうと椅子を反転した時、うっかりデスクに脚を強打した。

「痛っ！」

その衝撃で、デスクの上のアンティーク置き時計が床に落下する。負の連鎖とはこのことだ。

ぶつけた脚をさすりながら時計を拾い上げると、ガラスカバーにヒビが入っていた。久しぶりに舌打ちが出た。一度は素知らぬ顔で元の場所に戻したが、どうにもバツが悪い。

引き出しの中にしまおうと試みるも、どう角度を変えてみても収まらなかった。

「あーもう」

諦めて顔を振ると、押入れが目に入った。あそこなら大丈夫だろう。

押入れを開けて、中に時計を隠した。早くこの部屋を出よう。急いで押入れの戸を閉めようとした瞬間、それが梨枝の目に飛び込んできた。

押入れの奥一面に、たくさんのビデオテープが綺麗に整理され、並べてあった。ラベルには、日付とタイトルが細かく書き込まれている。

それは、すべて梨枝が出演した番組だった。

ビデオテープと一緒に、スクラップブックも数冊並んでいた。信じられない気持ちでその一つを手に取り、開いてみる。

そこには、梨枝が掲載された雑誌のページや新聞記事の切り抜きが丁寧に貼りつけてあった。

梨枝はスクラップブックを戻し、一番端にあるビデオテープを引き抜いた。

テレビとビデオデッキの電源を入れ、テープを挿入して再生ボタンを押す。ビデオデッキは不安げな機械音を発しながら起動し、テレビ画面に解像度の粗い映像を映し出した。

深夜のバラエティー番組で、無愛想な顔で自己紹介をしている野暮ったい少女。それは、五人組アイドルの一人としてデビューしたばかりの梨枝だった。

それが梨枝のテレビ初出演だったが、ほんの数分の出演だったし、誰にも伝えなかった。

当然、康夫が知るはずはない。それなのになぜ――。

毎日ネットで検索して調べれば、そのうち名前が引っかかることもあるかもしれないが、そんなわけ……その時、梨枝の脳裏に千花と仁美の言葉が蘇った。

――おじいちゃんね、いつも紙ばちょきちょきしようらす。

――お客さんの中にも大ファンのおじさんがいて！　その人、いつも園田さん……あ、安藤さんが載ってる雑誌とか新聞を黙々と切り抜いてるんですよ！

ジョイフルで千花にパフェを食べさせながら、難しい顔で梨枝の記事をスクラップしている父の姿がまざまざと目に浮かんだ。

「バカじゃないの……」

震える声で呟き、込み上げる涙をこぼさないように、梨枝は目を閉じた。

気持ちの整理がつかないまま、梨枝は康夫の部屋を出た。すぐにでも空港に向かわなければならない。しかし、またしても梨枝の意思は無視され、その足は玄関ではなく台所に向かった。

炊飯器を開けた。今朝、勇治が炊いたご飯が残っている。まったく馬鹿げている。けれど、体は迷いなくテキパキ動く。梨枝は冷蔵庫を開け、中から具材を取り出した。ウインナーとネギを適当に切り、卵を溶く。フライパンに油代わりのバターを滑らせ、コンロの火をつけた。

フライパンが温まったところで、食材を全部放り込む。塩コショウと醬油を少々、最後にマヨネーズを豪快に投入して、へらでかき混ぜる。

それは、あの日、康夫が梨枝に作ってくれた焼き飯とまったく同じ手順。東京に行ってから、幾度となく繰り返してきたルーティン。

ものの五分で焼き飯は完成した。味見をしてみる。いつもの味だ。

その時、玄関のチャイムが鳴った。

*

こんなに足も心も重かったことはない。

けれど、ちゃんとけじめをつけなかったらテレビマンとして以前に人として終わりだ。

玄関のドアを開けた梨枝は、咲の顔を見るなり眉間にしわを寄せた。

「……どうも」

咲は小さく頭を下げた。

梨枝は無言のまま、刺すような視線を咲に向けてくる。

「あのさっきは……」

おずおずと口を開いた矢先、突然梨枝が言った。

「焼き飯食べる?」

「はい?」

聞き間違いか。焼き飯とはチャーハンのことだろう。西日本ではそう呼ぶらしい。

ただ、この状況で、食事に招かれるわけがない。

「食べる? 食べない?」

「い、いただきます……」

狐につままれた気分で家に上がり、梨枝のあとをついていく。居間に通され、梨枝が台所に消えると、咲は手持ち無沙汰になって部屋を見渡した。隣の部屋に続く襖が少し開いている。隙間から覗くと、そこは仏間で、奥に仏壇があり、優しそうな中年女性の写真がこちらに微笑みかけていた。梨枝の亡くなった母親だろう。咲は襖を開けて仏間に入り、仏壇の前に腰を下ろして手を合わせた。

気配を感じて振り返ると、お盆を手にした梨枝が咲を見ていた。

「あ、すみません、勝手に」

居間に戻ると、梨枝は皿に盛った一人分の焼き飯を、無言でテーブルに置いた。

お世辞にも美味しそうとは言えない。それが顔に出てしまったのか、「なに?」と梨枝がつっけんどんに訊いてくる。

「いえ……」

　咲はテーブルにつき、手を合わせて「いただきます」と焼き飯を口に運んだ。

「……うま」

　声が漏れた。もう一口食べる。びっくりするぐらい美味い。

「これ、安藤さんが作ったんですか？」

「うん」

「料理やるんですね」

　まったくそんなイメージがなかったから、少なからず驚いた。咲と同様に作れる料理は、インスタントラーメンくらいだと勝手に思っていた。それを料理と呼べるのであればの話だが。

「これだけね」

「これだけ？」

「ま、なんて言うか……」と梨枝は少し逡巡するように間を置いて、言った。

「験担ぎっていうか」

「験担ぎ？」

「大事なオーディションの日とか、撮影の日とか、そういう時にコレ食べるとなぜか落ち着くの。ルーティンみたいなもん」

「へぇ」

咲は無心で焼き飯を口に運んだ。よくあることだが、考えたら朝も昼も食べていなかった。

「で。なに？」

食事に夢中の咲に痺れを切らしたのか、梨枝が言った。

「あ……」

そうだった。咲は口に含んだご飯を飲み込んでから、スプーンを置いた。

「あの、さっきはすみませんでした。全部、私の責任です」

両手と額を畳につけて謝罪する。頭を下げたまま、咲は続けた。

「私も安藤さんと一緒なんです。昔から集団行動とか苦手で、女子からも嫌われてて。そいつら見返すためにこの世界入ったのに、全然思うようにいかなくて……でも、それはチャンスがないだけで、チャンスさえあれば絶対できると思ってて……でも、結局できなくて。それを認めたくなくて、焦って、わけわかんなくなって、でも……あー、でもが多いな、クソ……」

田所にあれだけ言われたのに、悪い癖ほど直らないものだ。

「私、この仕事辞めます。もともと辞めるつもりだったんです、これで結果残せなかったら。なのでこの件はもっと才能ある優秀なディレクターに引き継いで……」

「私、演技、下手なんだ」

それまでなにも言わずに話を聞いていた梨枝が、咲の言葉を遮るように言った。

ゆっくり顔を上げると、咲を見つめる梨枝と目が合った。

「性格悪いし、才能もない。辞めたほうがいいじゃないかっていつも思ってる。でも、私にはこれしかない。辞められないんだよ。いや、辞めたくない。やっぱ、下手でも才能なくても、私はこれしかできないし、この仕事が好きだから。絶対諦めない。死んでもすがりつく」

まっすぐ咲を見つめ続ける梨枝の双眸（そうぼう）は、何かを乗り越えた強さと吹っ切った清々しさを同時に湛（たた）えていた。

咲の胸に、言葉にならない思いが広がっていく。

その時、梨枝のスマホが鳴った。梨枝が相手を確認してから電話に出る。

「……もしもし」

次の瞬間、梨枝の顔が緊張を帯びた。

拓郎のタクシーが病院の夜間用出入り口に横付けされた。

ほぼ同時にドアが開き、梨枝が車を飛び出していく。

「俺たち、ここで待っとるけん！」

拓郎が運転席から声をかけると、梨枝がふと足を止め、なぜか車に戻ってきて、咲が乗る助手席のドアを開けた。

「カメラある？」

「……はい」

「回してくれない？」

「え……」

危篤の父親の病室で撮影しろということだろうか。気が動転して、とんでもないことを口走っているとしか思えない。

「私だけを撮ってて」

「でも……」

「お願い」

その目は冷静で、声には強い決意がこもっていた。

隠しカメラどころじゃない。家族は激怒するだろう。でも、これだけはわかった。

これを拒んだら、きっと一生後悔する。

「……はい」

返事と同時に、咲の手はカメラをつかんでいた。

＊

院内に入った梨枝は、常夜灯だけが灯った薄暗い廊下を進んだ。

後ろには、カメラを構えた咲が続く。

康夫の部屋の前まで来た時、ちょうど担当の医師と看護師が出てきた。すれ違いざま咲のカメラにけげんな視線を向けてきたが、構わず病室に足を踏み入れた。

「あ、梨枝姉……」

振り向いた勇治の表情が、カメラを見て石のように固まった。

「ちょっと！　なんね、あんたら！　カメラ止めんね！」──

真希の怒号が飛んでくる。

カメラを担いで梨枝の横に立った咲が、問いかけるような視線を向けてきた。

「いい。回して」

静かに、しかしきっぱりと言う。

「やっぱりそうやんね！　あんたら、そうやって一般人ば見せもんにして！　これやけん、テレビは好かんとたい！」

真希は血相を変えて叫び続けた。耳も心も痛い。けれど今は、あえて聞こえないふりをした。

「親父！」

突然、勇治が叫んだ。

もうずっと意識のないまま眠り続けていた康夫が、かすかに目を開けている。

「お、お父さん！」

真希がベッドに駆け寄り、康夫の手を握りしめた。

「親父、梨枝姉が帰ってきたばい！　わかるや！」

勇治が康夫の耳元に口を近づけて言うと、康夫の目がゆっくり動いて梨枝を捉えた。

「……おったんか」

絞り出すような、かすれた声。

勇治と真希が驚いて顔を見合わせる。

「うん」

「……そうか」

「焼き飯ば、作ったとよ……お父さんも食べるね？」

康夫がかすかにうなずく。

梨枝はバッグから容器を取り出し、枕元に近づいていった。

「ちょっと！」

気でも触れたと思ったのか。梨枝を止めようとする真希を、勇治が腕をつかんで制した。

梨枝は容器から少しだけ焼き飯をスプーンによそい、康夫の口元に運んだ。

康夫が薄く口を開けて、小さく動かす。もちろん、食べる力などない。

康夫の口の手前でスプーンを止めたまま、梨枝は笑顔で訊いた。

「……どがんね？」

今まで見せてこなかった分を取り返すように精一杯微笑む。

「……うまか」

康夫は弱々しい、今にも消え入りそうな声で言った。

「ばってん、やっぱ、お父さんが作るほうがうまか……」

言葉に詰まりそうになる。梨枝は歯を食いしばった。込み上げてくる感情を全部飲み込んで、梨枝はとびっきりの笑顔を作った。

「だけん……また作って」

康夫の口角が、かすかに上がる。そのまま、康夫はゆっくりと目を閉じた。

初めて康夫の焼き飯を食べたあの日、美味しいと言った梨枝にほんの一瞬だけ見せたのと同じ、満足そうな笑顔で――。

「お父さん！」

真希が叫ぶ。勇治がナースコールのボタンを押した。

「お父さん！　お父さん！」

真希の嗚咽が病室に響く。

咲は梨枝の顔だけを映して、ただただカメラを回し続けていた。目をしっかり見開いて、焦点がぶれないように、少しでも気を緩めれば、溢れ出してしまいそうなものを堰き止めるために。

梨枝と咲が病院を出た時、東の空はうっすらと明るくなり始めていた。

ずっと待っていてくれた拓郎のタクシーに乗り込む。

「ねえ、有明海のほうに行ってくれない」

梨枝が頼むと、拓郎はなにも訊かず、「オッケー」とだけ言って車を出してくれた。

県道126号線を西に行くと、すぐに有明海が見えた。小道に逸れて、堤防に沿って進む。しばらくして、拓郎は車を止めた。梨枝は車を降りて外に出た。つんと冷たい早朝の海風を、胸いっぱいに吸い込む。

咲も車を降りてきた。

「そっか。ここからじゃ朝日は見えないのか」

梨枝は独りごちた。

「こっち西ですからね」と咲が答える。「夕日は綺麗でしたけど」

「残念」

二人並んで、堤防に腰を下ろして海を見つめた。

沈黙の中、波の音だけが規則正しくループする。

「これからどうするんですか?」

咲が言った。

「どうしようかな。東京戻っても仕事ないけど、こっちいても仕方ないし……あんたは?」

「私は……明日、東京に戻ります」

「そう……」

またしばらく黙って海を眺める。海面が少しずつ明るくなり、朝の漁を終えた船影がぽつぽつと沖合いに見えた。

「……でも、さっきの言葉は撤回します」

咲がふいに口を開いた。

「やっぱり辞めません。意地でもすがりついてやります。私もこの仕事しかできないから」

そう言って、梨枝を見据える。

「そして、いつか安藤さんを泣かせてみせます。ドラマで」

「……ふっ」

梨枝は思わず噴き出した。つられるように咲も笑う。そんな二人を、拓郎は車のそばから嬉しそうに見守っている。その時、梨枝のスマホが鳴った。猪本からの電話だ。

「はい」

「お～、やっと出たな！　いや、悪い悪い、こんな時間に！」

朝の五時だというのに、陽気な猪本の声。きっと徹夜で飲んでいたのだろう、だいぶ酔っているようだ。

「いえ、大丈夫です」

「舞台の仕事入ったよ～。まぁ、正直、あんまり大きな舞台じゃないんだけど、俺はいいと思うんだよな～。だから、話だけでも……」

「やります」

梨枝は即答した。

「え？　いや、まぁ、一回台本読んでから決めてもいいんだけど……」

「社長が選んだ仕事なら、私、やります」

「あ、そう……？」

電話の向こうで面食らっている猪本の顔が想像できた。

「プロなんで」

梨枝が言うと、隣で咲が朗らかに笑った。

海にまぶしい光が降り注いでいる。気づけば、すっかり夜が明けていた。

「はあ⁉」

電話の向こうで、田所は予想どおりの反応をした。

「だから、全部データ消えちゃったんですよ。バックアップも全部」

空港の自動チェックイン機で搭乗券を発券しながら、咲は淡々と説明した。

「おいおい、おまえ、それどうすんだよ！」

「どうするって言われても仕方ないじゃないですか」

開き直って言ってのける。

「マジかよ〜、やべ〜ぞ、それは……」

「大丈夫です。撮り直すんで」

「撮り直すって、一から全部？」

「いや、ゼロからです」

「……は？」

田所の頭の周りにはクエスチョンマークが浮かんでいることだろう。

「なんかあった時のケツは拭くって言ってましたよね？」

それ以上の説明はせず、咲は詰め寄った。

「いや、言ったけど……」

「いい企画が見つかったんです！」

「いい企画？」

「いや～、確かに、ドキュメンタリーって深いっすね～」

一方的に言うと、田所の反応を待たずこっちから電話を切った。

包帯の外れた左足首をくねくねと回す。もう痛みはない。

咲は晴れ晴れとした表情で歩きだした。

けっきょく、あの松葉杖はどこに行ったのか。

そんな疑問がふと浮かんで、すぐに消えた。

＊

「わざわざ、ありがとね」

車を駐車して搭乗ゲートまで見送りにきてくれた拓郎に、梨枝は礼を言った。

「本当によかとや？　親父さんの……」

拓郎が、言いにくそうに語尾を濁した。

「うん」

梨枝のすっきりした顔を見て、拓郎は納得したように笑った。

「ま、忙しかと思うけどたまには帰ってこいよ」

「うん……そうだね」

「あ……あのさ……」

拓郎は頭を掻いた。なにか言いたそうにしている。

間の悪いことに、拓郎が口を開こうとした時、真希から電話がきた。

拓郎を手で制し、ごめんね、と電話に出る。

「もしもし……」

「あんた今、どこにおるんね？」

いつもの険のある言い方で、いきなり訊いてきた。

「あ、いや……」

「姉の結婚式にも出ず、あげくの果てには父親の葬式にも出らんって……そがん、仕事が大事ね？」

「うん。ごめん」

今度は口ごもることなく、はっきりと答えた。

なんと言われようと、梨枝はこの思いを貫くと決めた。もうそこに迷いはない。いつになるかわからないけれど、天国にいる二人への約束を果たすために。

それを姉に理解してほしいとは思わない。それは欲張りというものだ。

キンキン声が返ってくるのを覚悟していると、真希はしばらく間を置いて、言った。

「言うと思った」

思いがけなくも、その声は優しい。

「もう二度と帰ってこんでよか……だけん、頑張りんしゃい」

図らずも目の前が涙でかすんだ。でも、ここで泣いたらすべてが台無しだ。梨枝は自分に言い聞かせる。

「うん……ありがと」

電話を切ると、鼻をすすって呼吸を整え、話の途中だった拓郎に向き直った。

「あ、ごめん、なにか言いかけた？」

「いや……やっぱよか」

拓郎は、いつもの人の好さそうな笑顔で言った。

「なにそれ」

つられて梨枝にも笑みがこぼれる。

「すみません！」

二人分の東京行きの搭乗券を手に、咲が小走りで駆けてきた。

「では行きますか！」

梨枝はうなずいた。拓郎に手を振り、大荷物の咲と一緒に搭乗口に向かう。

「あ、そういや」

拓郎が思い出したように、背中に声をかけてきた。

「なんであの時、病室でカメラ回させたんや？」

番組で使うわけでもないのになぜ撮影する必要があったのか、拓郎は不思議そうだ。

「だって……」

梨枝は立ち止まった。

「カメラ回ってないと泣いちゃうじゃん」

そこまで言って振り返る。

拓郎は、その言葉の意味が理解できずにきょとんとしている。

梨枝はいたずらっぽい笑みを浮かべた。

「あの場面でも泣かないのが、プロの女優ってやつでしょ」

もしこれがドラマか映画なら、渾身のドヤ顔が映し出されていることだろう。

エピローグ

舞台の袖でカメラを回しながら、咲は小さく深呼吸した。

「なんであんたが緊張してんの？」

カメラの向こうで、衣装を身につけた梨枝が笑う。

「いや、してないっすよ」

強がりを言い、咲はカメラを担ぎ直した。

今日は舞台の初日。

緊張など微塵も見せず、梨枝は堂々とカメラに向かって足を踏み出した。

右に避けるはずだった咲が、うっかり梨枝の進路と同じ左方向に進んでしまい、ぶつかりそうになる。

「ちょっと」

梨枝が軽く咲を睨んだ。

「あ、すみません」

「撮り直す？」

「いえ、大丈夫です」

咲はきっぱり答える。

「これ、ドキュメンタリーなんで」

梨枝はカメラに微笑み、舞台の光の中へと消えていった。

あとがき

この作品は映画『女優は泣かない』の脚本を基に小説化したものである。

そもそも私がこの映画の企画を立ち上げたのは二〇一七年のこと。

その頃はまさかコロナ禍というものに、人々の人生が翻弄されることになるなんて想像もしていなかった。

実際、私自身も大いに翻弄された一人だ。

というのも、映画自体は一度、二〇二一年八月にクランクインしたのだが、そのコロナ禍の影響で二日目にして撮影の中断を余儀なくされた。その後、約一年三か月後の二〇二二年十月末に仕切り直して再クランクインし、ようやく二〇二三年十二月より全国ロードショーを迎えるという経緯がある。

結果として、企画から六年もの月日が流れてしまった。企画や脚本は鮮度が大事なんてことを言うが、よくこの間、腐らないでいてくれたものだと思う。

コロナ禍で、エンターテインメント業は不要不急の代名詞のように扱われたが、奇しくも、この作品はそんなエンタメ制作の裏側を描いている。

確かに、世の中が有事の際、エンタメは最初に不要となるものだろう。

それでもその仕事に命をかけている人間がいる。

私自身も、ここ数年、そんな葛藤の中でこの作品を作り続けてきた。

幾度となく心が折れかけ、自分はなにをやっているんだろうと自己嫌悪の迷宮に入り込んでしまうこともしばしばだったが、それでは埒が明かないと悟り、やがて多くの人にとっては不要でも、誰か一人にでも必要なものになればいいやと開き直ることにした。

そうこうしていたら、ある日、映画の主演である蓮佛美沙子さんから「主人公の梨枝は有働監督ですよね」と言われて驚いた。また、別の関係者からは「ディレクターの咲って有働さん自身がモデルですか？」と聞かれたりもした。

全くそんなつもりで書いたものではなかったが、六年という月日と、その間に起きた出来事のせいで、図らずも己の半生を投影したような作品になってしまったのかもしれない。

そう考えるとちょっと恥ずかしくなるが、エンターテインメントの世界で生きる端くれとして、人生で一つくらいそんな作品があってもいいかと、今はポジティブに考えている。

ただ、そう考えると、コロナ禍を恨みながら、コロナ禍がなければこの作品は完成しなかったものかもしれないという不思議で複雑な感情も湧き上がってくるから難しい。

何はともあれ、そろそろ疲れてきたので、映画共々、本作が誰か一人にでも必要なものになってくれることを願いつつ、一旦、この六年間の歩みを止めたいと思う。

最後に、映画『女優は泣かない』の完成を待ち望んでいた製作の谷義正氏に、この作品を捧げる。

有働佳史

文章構成　豊田美加
カバーデザイン　荒木千鶴（META＋MANIERA）

―― 本書のプロフィール ――

本書は、映画『女優は泣かない』の脚本をもとに著者が書き下ろした作品です。

小学館文庫

女優(じょゆう)は泣(な)かない

著者 有働佳史(うどうよしふみ)

二〇二三年十一月十二日　初版第一刷発行

発行人　川島雅史
発行所　株式会社 小学館
〒一〇一-八〇〇一
東京都千代田区一ツ橋二-三-一
電話　編集〇三-三二三〇-五五八五
　　　販売〇三-五二八一-三五五五
印刷所――大日本印刷株式会社

この文庫の詳しい内容はインターネットで24時間ご覧になれます。
小学館公式ホームページ　https://www.shogakukan.co.jp

ISBN978-4-09-407307-2